301

LLION IWAN

LLION IWAN

Gomer

Cyhoeddwyd gyntaf yn 2018 gan
Wasg Gomer, Llandysul, Ceredigion SA44 4JL
www.gomer.co.uk

ISBN 978 1 84851 392 1

Cyhoeddwyd gyda chymorth ariannol
Cyngor Llyfrau Cymru.

Argraffwyd a rhwymwyd yng Nghymru gan
Wasg Gomer, Llandysul, Ceredigion.

Cyflwynir i Eban Dafydd a Mabon Carn

CYDNABYDDIAETHAU

Bu nifer o bobl o gymorth mawr i mi wrth ysgrifennu'r nofel.

Hoffwn ddiolch i Elinor Wyn Reynolds, Meirion Davies a Beca Brown am eu cefnogaeth a'u harweiniad.

Rwy'n ddiolchgar hefyd i'r Capten Owen Davis CGC, gynt o'r Royal Marine Commandos, am ei darllen ac am gynnig geirda. Hoffwn gydnabod cefnogaeth y Cyngor Llyfrau a Gwasg Gomer.

Yn anad dim, hoffwn ddiolch i Rhiannon Heledd.

Lladdwyd 255 o filwyr o Brydain yn Rhyfel y Falklands yn 1982.

Mae cyn-filwyr sydd wedi bod mewn rhyfel dair gwaith yn fwy tebygol o ladd eu hunain na milwyr eraill, medd y Weinyddiaeth Amddiffyn.

Mae'r amcangyfrif o gyn-filwyr y Falklands sydd wedi lladd eu hunain yn amrywio o 95 i 300.

Dywed cyn-filwr o Gymro fod 8 ffrind wedi lladd eu hunain, a hynny ar ben y 37 aelod o'i gatrawd a laddwyd yn yr ymladd. Mae'n dweud bod 300 milwr wedi marw o ganlyniad i Ryfel y Falklands – un ai ar faes y gad, neu wedi hynny.

'From this day to the ending of the world,
But we in it shall be remembered,
... we band of brothers.'

Henry V – Shakespeare

Pennod 1

Nythai'r garej gwerthu petrol yng nghysgod y Carneddau gan wynebu'r dŵr lle'r oedd y Fenai yn cwrdd â Môr Iwerddon. Hyrddiai'r gwynt dros Ynys Môn a'r môr gan gorddi a thaflu'r heli dros y ffordd ddeuol newydd ac ar hyd y llain darmac oedd o flaen y garej. Edrychai'r swigod gwyn trwchus a ddaeth o'r môr fel gorlif peiriant golchi dillad ar y tarmac. Roedd to sinc fel ymbarél uwchben y pympiau petrol gyda lle i fws dybl-decar barcio oddi tano hefyd. Paentiwyd hwnnw yn goch unwaith, ond roedd y lliw wedi hen bydru oddi yno. Safai ddwy goes bob pen i ddal y to yn ei le. Ond roedd yn cael ei herio heno. Crynai yn y gwynt gan fethu atal y glaw gan fod hwnnw'n cael ei chwipio'n syth ar draws y tir o'r môr. Nid oedd erioed wedi llwyddo i gynnig cysgod ond bu'n rhoi'r argraff o glydwch a chysgod i yrwyr ceir blinedig. Dyna a gredai'r perchennog beth bynnag, er na threuliodd yr un noson stormus yn y garej hyd yma. Bu iddo dalu i osod goleuadau cryf dan y to, ac ysgydwai'r rheiny nes bod y golau gwan yn cael ei daflu i bob cyfeiriad. Dim ond lorïau trymion ac ambell deithiwr ar fusnes a fyddai'n mentro fel arfer mewn storm o'r fath. Heno, roedd teithiwr arall yn syllu o'r cysgod.

Oherwydd y storm roedd dyn ifanc yn cysgodi tu ôl i arwydd metel trwm. Cafodd hwnnw ei osod wrth ochr y ffordd i geisio hudo teithwyr i'r caffi. Er bod ei goesau wedi cyffio ar ôl cerdded milltiroedd yn y glaw ac eistedd yn ei gwrcwd wedi hynny, ni symudodd fodfedd ers awr gyfan. Treuliodd bron i ddiwrnod yn cerdded dros y bryniau o'r lloches yn Llandudno gan osgoi'r ffyrdd. Nid oedd am fentro chwilio am lifft. Roeddent yn siŵr o fod yn chwilio amdano erbyn hyn. Nid oedd yn debygol o gael lifft ac yntau'n gwisgo hen ddillad milwr, sef trowsus a chôt *camouflage*, gyda'i wallt hir yn ymwthio i'r golwg o dan ei gap gwlân coch a gwyn a barf flêr yn clymu'r cyfan at ei gilydd. Nid oedd yn teimlo'r glaw na'r oerfel er bod ei gôt yn wlyb drwyddi ac yn agored. Pwysodd ymlaen yn ei gwrcwd. Yn ei law dde roedd ffotograff a dynnodd o boced yn y gôt. Cysgodai'r llun dan ei gesail chwith. Yn y ffotograff roedd chwe dyn ifanc yn gwenu, yn gwisgo dillad milwyr *camouflage* mewn defnydd *disruptive pattern*, a phob un yn codi dau fys fel y byddai Winston Churchill yn arfer ei wneud. Ond nid oedd yn edrych ar y ffotograff er bod ei fawd yn ei anwesu'n araf. Rhythai ar y garej, a'i feddwl yn bell i ffwrdd, yn gaeth mewn storm ar benrhyn llwm arall oedd hefyd wrth y môr. Draw yn y garej, yn glyd tu ôl i ffenest, gwelai'r gofalwr a fflam ei sigarét yn disgleirio bob tro y tynnai arni. Bu'n pendroni a fyddai'r gwynt yn tagu ei fatsien, ac a fyddai'n diffodd y fflamau'n rhy fuan.

Yn yr adeilad concrid sgwâr y tu ôl i'r pympiau petrol cysgodai Tim y gofalwr nos yn is yn ei sedd blastig gan dynnu'r sgarff yn dynnach am ei wddf. Un haen o wydr oedd rhyngddo a'r elfennau a thrawai'r glaw'r ffenest fel cawodydd o gerrig mân. Roedd y gwynt yn llwyddo i wichian drwy bob twll ac nid oedd y gwresogydd bychan ar y llawr yn gwneud fawr mwy na thaflu golau oren gwan dros ei esgidiau. Ac yntau wedi hen arfer ag eistedd yn yr orsaf mewn stormydd, gwisgai ddwy gôt drom ac ail sgarff wedi ei rhwymo am ei ben dros ei gap. Cadwai hynny'r darn o groen dan ei glust yn gynnes. Gorffwysai pâr o glustffonau Walkman dros ei glustiau gan gystadlu yn ofer â'r gwynt. Fel arfer roedd y drws wedi ei gloi a'i folltio a byddai unrhyw gwsmer yn gorfod stwffio ei arian drwy hollt hirsgwar yn y ffenest fechan o'i flaen. O dan y ddesg ger ei ben-glin de roedd botwm wedi ei baentio'n goch a oedd, meddai'r perchennog, wedi ei gysylltu â swyddfa'r heddlu ym Mae Colwyn ryw ddeg munud i ffwrdd. Ni wyddai ai un ffug oedd y botwm, ond roedd yn gwneud iddo deimlo fymryn yn llai unig. Felly hefyd y gerddoriaeth o'r Walkman. Gorffwysai pen-glin ei goes chwith yn erbyn y diffoddwr tân a oedd wedi ei orchuddio â llwch. Gorweddai llyfr trwchus ar ei liniau ac roedd pensil yn ei law dde a llyfr nodiadau yn agored ar y ddesg o'i flaen. Roedd copi o bapur newydd *The Sun* o dan y llyfr nodiadau, gyda dau lun ochr yn ochr yn dweud y stori heb fod angen pennawd. Thatcher yn gwenu a chwifio'i llaw, ac Arthur Scargill yn cerdded dros riniog drws ei gartref gyda'i ysgwyddau wedi eu crymu.

Rhwbiodd Tim ei lygaid. Gweithiai gyda'r nos a thrwyddi ambell waith, fel heno, er mwyn casglu arian i gynorthwyo'r grant ar gyfer ei gyfnod yn y brifysgol. Roedd traethawd diweddaraf y cwrs gradd Saesneg i'w gyflwyno o fewn wythnos, ond roedd yn anodd canolbwyntio wrth i'r oerfel afael yn ei goesau a setlo ar ei ysgwyddau. Nid oedd fawr o draffig yr adeg hon o'r flwyddyn heblaw am y lorïau yn mynd am Gaergybi neu oddi yno. Ond nid oedd y fferi yn gadael am oriau, os oedd yn hwylio o gwbl, a chredai y byddai sawl awr dawel o'i flaen. Meddyliai'n aml fod y gadair galed wedi ei dewis yn fwriadol i'w gadw yn effro. Nid oedd gosod clustog arni yn helpu chwaith, gan ei bod yn gadair mor gul.

Eisteddai gan wynebu'r fynedfa lle y byddai unrhyw gar a oedd yn gyrru o'r dde - gyda'r môr y tu hwnt i'r draffordd - yn cyrraedd y garej, ond roedd yn ceisio canolbwyntio ar y llyfr am gerddi Chaucer. Roedd hwnnw yn llwyddo'n ddiffael i'w suo i bendwmpian, er gwaetha'r oerfel. Nid oedd yn syndod felly na welodd y dyn gyda'r rycsac ar ei gefn yn codi o'r tu ôl i'r arwydd ar y chwith i'r garej, a cherdded yn araf at un o'r pympiau petrol. Er bod y glaw yn arllwys nid oedd wedi trafferthu cau ei gôt ac roedd yn chwifio fel clogyn o'i gwmpas. Tynnodd ei ddwylo o'i boced a disgynnodd y ffotograff y bu'n ei gario mor ofalus ers blynyddoedd ar y concrid gwlyb. Nid oedd ei angen arno fwyach.

Yn y llun roedd y chwe milwr gydag wynebau barfog a mwdlyd yn gwenu ar y camera a'u reiffls yn eu dwylo. Roedd tri ohonynt yn sefyll tra bod y tri arall yn eu cwrcwd. Edrychent mor debyg yn eu lifrai gyda'r *beret* coch ar eu pennau, gan sgwario eu hysgwyddau a dal eu pennau'n syth ar gyfer y camera. Tua deunaw neu bedair ar bymtheg oed oeddent, a gwên lydan ar wyneb pob un. Cafodd ochrau'r llun eu gwlychu a chan ei fod wedi ei blygu droeon ac wedi treulio amser mewn sawl poced, roedd yr ochrau wedi breuo ac ymrannu nes amsugno'r dŵr oedd ar y concrid gan dywyllu'r ddelwedd. Taflodd y gwynt y ffotograff ar draws tarmac gwlyb yr orsaf betrol. Ond nid dŵr yn unig oedd yn gwlychu'r llawr bellach.

Tynnodd y dyn ifanc beipen y pwmp petrol o'i gwain a disgwyliodd i'r peiriant ddechrau crynu a phwmpio o'r tanc tanddaearol, cyn codi'r beipen uwch ei ben a'i dal yno. O fewn eiliadau roedd y petrol yn socian drwy ei ddillad nes bod yr hylif â'r arogl chwerwfelys yn ei feddwi ac yn codi cyfog arno'r un pryd. Ond daliodd i wasgu'r glicied nes y teimlai'r hylif yn llifo i lawr ei gefn. Gollyngodd y beipen a stwffiodd ei law i boced y tu mewn i'w gôt gan dynnu ohoni baced o fatsys hir wedi eu cadw mewn bocs metel. Tynnodd un allan a chan droi ei gefn i gysgodi rhag y gwynt a'r glaw, taniodd y fatsien. Caeodd ei lygaid.

Deffrowyd Tim gan glec y pwmp petrol yn ffrwydro wrth i'r fflamau rasio ar hyd y beipen. Teimlodd y llawr yn ysgwyd. Drwy gornel ei lygad gwelodd fflamau yn lledaenu ar y tarmac. Yna sylwodd fod rhywun yn sefyll yng nghanol y fflamau yn berffaith lonydd er ei fod yn wenfflam. Sythodd a llithrodd oddi ar y sedd gan ddisgyn ar ei gefn ar y llawr.

"Be goblyn sy'n digwydd? Arglwydd mawr! Tân!" gwaeddodd, er ei fod ar ei ben ei hun. Sut a beth ar y ddaear, meddyliodd, wrth wasgu'r botwm dan y ddesg i rybuddio'r heddlu.

"Help! Help!" sgrechiodd Tim nerth ei ben. Sylweddolodd nad oedd amser ganddo i ffonio neb wrth weld y fflamau'n dawnsio dros gorff y dyn. Gafaelodd yn y diffoddwr a rhedeg mor gyflym ag y medrai at y drws gwydr. Cythrodd am y follt a'i thynnu'n galed a throi'r allwedd gan wthio'r drws yn agored gyda'i ysgwydd. Gwthiodd y gwynt yn ei erbyn nes ei fod yn gorfod gwasgu drwy'r agoriad a'i gôt drom yn bachu ar y ffrâm fetel flêr. Rhedodd i'w gyfeiriad gan fynd at ochr y môr fel bod y gwynt yn chwythu'r fflamau oddi wrth y dyn a hylif gwyn y diffoddwr tuag ato. Roedd y dyn bellach wedi syrthio ar ei bengliniau ac yn codi ei ddwy fraich gyda'i wyneb tua'r awyr.

Er gwaethaf ymdrechion Tim roedd hi'n rhy hwyr a'r fflamau wedi gwneud eu gwaith. Nid oedd gan y darlun bychan du a gwyn y siawns leiaf o oroesi a chrinai yn y fflamau gan grymu yn yr ochrau, cyn i swigod bychain godi arno fel madarch ben bore. Codai'r fflamau dros yr ymylon gan fwyta'n aradeg drwy'r milwyr nes bod dim ond un ar ôl, ond yn y man roedd yntau hefyd wedi ei lyncu am byth gan y fflamau.

Ychydig oriau yn ddiweddarach roedd yr Arolygydd Wil Parri yn gyrru ar hyd y ffordd tuag at y garej gan wrando ar Radio Cymru. Cafodd dau ffrind iddo eu carcharu am ymgyrchu dros yr iaith ac roedd wedi cefnogi eu safiad yn dawel fach, a gwrandawai ar bopeth bellach yn y Gymraeg.

"A phrif stori'r bore. Cyn-filwr a ymladdodd yn y Falklands yn cael ei anafu yn ddifrifol wedi tân yn oriau mân y bore yma yng ngorsaf betrol Rhyd-y-waun ger Llandudno.

"Dywed yr awdurdodau fod Stephen Andrews, un ar hugain oed o Dreorci, wedi treulio amser yng nghartref nyrsio Tŷ Gwyn yn Llandudno lle mae cyn-filwyr yn cael triniaeth seiciatryddol. Mae o'n ddifrifol wael yn yr ysbyty ym Mangor.

"Toc wedi hanner awr wedi un y bore 'ma fe sylwodd aelod o'r staff ar ddyn o flaen yr orsaf betrol. Dyma welodd Tim Jones, myfyriwr o Lan Conwy sy'n gweithio yn y siop."

"Rown i wrthi'n stocio'r silffoedd pan sylwais i ar ddyn yn sefyll wrth y pwmp petrol. Wnes i ddim meddwl dim am y peth a dal ati efo fy ngwaith.

"Mi welais o'n codi'r pwmp ond mi wnes i droi fy nghefn wedyn, nes imi glywed y ffrwydriad a chael fy nhaflu ar y llawr gan y sioc. Mi wasgais y rhybudd i alw'r heddlu ac mi wnes i redeg allan i geisio ei achub, ond roedd y fflamau yn llawer rhy ffyrnig.

"Dwi erioed wedi gweld y fath beth yn fy mywyd. Alla i ddim bod yn sicr ond dwi'n siŵr 'mod i wedi ei weld o'n crio ac roedd i'w weld yn siarad gyda rhywun. Ond doedd neb arall i'w weld ar gyfyl y lle."

Yn dilyn sylwadau'r myfyriwr aeth yr adroddiad yn ei flaen:

"*Roedd ambiwlans oedd yn digwydd bod gerllaw yno mewn llai na munud a llwyddwyd i ddiffodd y fflamau ac i achub ei fywyd. Ond mae ganddo losgiadau difrifol dros wyth deg y cant o'i gorff, medd llefarydd ar ran Ysbyty Dewi Sant ym Mangor.*

"*Ganwyd Stephen Andrews yn yr un ysbyty ym Mangor a bu'n byw yno am rai blynyddoedd cyn symud i dde Cymru. Mi enillodd y Military Medal wrth ymladd gyda chatrawd y Paras ger Goose Green ar Ynysoedd y Falklands. Cafodd ei anafu yno ar long y Sir Galahad gyda'r Gwarchodlu Cymreig, ac roedd yn destun ffilm ddogfen gan HTV Cymru, gan ddod yn adnabyddus fel ymgyrchydd dros gefnogaeth i gyn-filwyr.*

"*Dywed Cymdeithas Cyn-filwyr a Llongwyr Prydain fod naw deg o'u haelodau fu'n ymladd dros y Falklands wedi lladd eu hunain hyd yma. Maen nhw'n disgwyl i'r nifer hwnnw gynyddu ac maent wedi galw ar y llywodraeth i gynnig mwy o gymorth iddyn nhw.*"

Cyrhaeddodd y garej cyn diwedd y bwletin, ac er i'r heddwas ar ddyletswydd ei adnabod a'i gyfeirio i barcio ar unwaith ger yr adeilad, arhosodd yr Arolygydd yn y car i wrando ar weddill yr adroddiad. Ar sawl achlysur arall fe gafodd fwy o wybodaeth wrth wrando ar y newyddion nag yn unman arall, ac felly'r tro yma hefyd. Roedd rhestr o gwestiynau ganddo yn barod. Deliodd gydag achos tebyg ym Mlaenau Ffestiniog rai misoedd ynghynt. Dryll ddewisodd y cyn-filwr hwnnw. Roedd meddwl am rywun yn llosgi ei hun yn fwriadol, yn enwedig o gofio am ei gefndir, yn anhygoel i'r Arolygydd. Sylwodd pwy oedd y cwnstabl oedd yn disgwyl amdano, a rhegodd. Roedd pump o geir glas yr heddlu wedi eu parcio'n flêr dan y to sinc a safai heddwas yn y fynedfa yn cyfeirio'r traffig yn ei flaen.

"Ydach chi wedi casglu'r datganiadau, Cwnstabl Williams?" gofynnodd i'r ditectif ddaeth ato gyda'i lyfr nodiadau yn agored. Cyn iddo gael cyfle i ateb taflodd gwestiwn arall ato.

"A dwi'n clywed fod y BBC wedi cael eu briffio'n fanwl iawn eto," meddai, gan edrych ar y cwnstabl. "Os bydda i'n canfod pwy sy'n gyfrifol am hynna, mi fydd yn treulio gweddill ei yrfa yn cyfeirio traffig ar Puffin Island. Fydd ychydig o beints yn y Gladstone yn fawr o wobr wedyn, na fydd? Rŵan. Oes unrhyw dystiolaeth sydd heb ei difetha gan y glaw, y petrol neu'r tân? Neu gan flerwch?"

Roedd yn gwestiwn digon pigog yn dilyn beirniadaeth barnwr mewn achos diweddar am gamgymeriadau wrth gasglu tystiolaeth ar safle trosedd. Roedd lleidr treisgar y bu'r Arolygydd yn ei erlid am fisoedd yn rhydd unwaith eto yn sgil hynny, ac wedi cychwyn achos iawndal yn eu herbyn hefyd.

"Wel, fel mae…"

Torrodd yr Arolygydd ar draws y cwnstabl a oedd yn gwingo ac yn difaru iddo gael ei berswadio i agor ei lyfr nodiadau i'r hac leol.

"Dwi'n meddwl bod hwnnw'n gwestiwn digon syml – oes, neu nag oes?"

"Oes, Syr. Mae ei rycsac yma ac mae'n llawn dillad a llyfrau nodiadau. Mae'r rheiny i gyd yn sych wrth lwc. Hen rycsac o'r fyddin," mentrodd, gan geisio gwneud argraff. "Bergen dwi'n meddwl maen nhw'n eu galw nhw…"

"Diolch yn fawr, *Ditectif* Gwnstabl," meddai, gan roi teitl ffug iddo'r tro hwn, "rydych chi wedi gwneud eich gwaith. Lle mae'r llyfrau?"

"Fan hyn, Syr." Pwyntiodd at rycsac yn nrws yr orsaf betrol. "Dwi heb eu hagor ond o'r dyddiadau ar y cloriau maen nhw'n edrych fel dyddiaduron."

"Peidiwch â dyfalu, Cwnstabl, wnewch chi ddim byd ond

creu trwbl i chi'ch hun.Rŵan, lle mae Tim Jones? Dwi eisiau gwybod pam ei fod yn stocio'r silffoedd am hanner awr wedi un y bore. Swnio i mi fel petai rywun yn ceisio gwneud argraff. Tybed be welodd o go iawn..."

"Ffordd hyn, Syr," meddai'r cwnstabl gan arwain yr Arolygydd heibio'r ddesg â bariau siocled arni ochr yn ochr â photeli oel a chlytiau melyn, ac

at ddrws. Agorodd hwnnw ac aeth i mewn i'r ystafell fechan lle yr eisteddai Tim Jones yn gafael mewn mŵg budur. Roedd ei wyneb fel y galchen. Pwysodd y cwnstabl yn nes at yr Arolygydd a sibrwd yn uchel.

"Mae'r cradur wedi cael dipyn o sioc, Syr," meddai.

Brathodd yr Arolygydd ei dafod.

"Mr Jones," dywedodd yn dawel, "dwi angen gofyn cwpwl o gwestiynau i chi am beth ddigwyddodd yn oriau mân y bore. Ac nid eich bòs na hac y papur lleol ydw i, felly beth am gadw'r stori'n syml, ac yn wir? Yn gyntaf, wela'i ddim arlliw o weddillion car y tu allan, felly o ble daeth y dyn ifanc, a sut y cyrhaeddodd o? Be yn union wnaethoch chi ei weld neithiwr?" Syllodd ar wyneb y myfyriwr heb ddweud gair. Ac yna mentrodd, "Petawn i'n gweithio mewn garej ganol nos, dwi'n meddwl mai cysgu byddwn i, nid llenwi silffoedd?"

Llyncodd Tim a dechreuodd siarad.

Pennod 2

Wrth bori yn ôl drwy atgofion plentyndod dwi'n meddwl mai un o'r rhai cynharaf, os nad y cyntaf, yw cuddio o dan sedd cerbyd fy nhad tra bod torf o blant o'i amgylch yn rhythu arna i drwy'r ffenestri. Roedden nhw'n chwerthin. Dwi'n cofio'r chwerthin, y curo ar y ffenestri a dwi'n cofio'r oerfel. Pwy goblyn oedd yn cynnal carnifal ganol gaeaf, dwi'n cofio meddwl. A'r môr o wynebau wedi eu gwasgu at y ffenestri nes bod bochau, gwefusau a thafodau yn llyfu'r gwydr budr.

"Edrychwch ar fabi mam, Stephen bach. Dere 'ma, ci bach, *wff, wff*," gwaeddodd un wrth ysgwyd y car. Pam nad oedd Dad yn helpu? Dwi ddim yn siŵr bellach ai ffrwyth dychymyg yw'r olygfa, neu fy nychymyg i yn ceisio rhoi trefn ar ddigwyddiadau diweddarach a gwneud synnwyr ohonyn nhw.

Mi wyddwn y byddai'n ddiwrnod anodd. Pan ddeffroais roedd y teimlad yn waeth na'r teimlad hwnnw o ddisgwyl am unrhyw arholiad neu brawf, na hyd yn oed gwybod bod Darren, bwli'r ysgol, yn disgwyl amdanaf. Fyddwn i'n llwyddo i'w dwyllo wrth ddweud fy mod i'n wael, tybed? Ond roedd Mam wedi hen arfer adnabod unrhyw gelwydd.

"Dim o dy lol di, coda a tyrd lawr grisiau rŵan os ti am frecwast, neu mi gei fynd heb ddim," oedd ei hateb yn y drws cyn fy ngadael yn gwingo. Sut roedd hi'n gwybod? Felly mi godais, gwisgo'n araf a rhedeg tap yn yr ystafell ymolchi i geisio ei thwyllo imi frwsio fy nannedd, cyn mynd i lawr y grisiau i'r gegin gan obeithio y byddai'n gadael imi fynd i chwarae efo pawb arall. Dim gobaith, er ei bod yn fore Sadwrn. Ond mi fyddwn wedi llwyddo i ymdopi, dwi'n meddwl, pe na bai Mam wedi bod mor flin. Mam yn gwthio trwyn bach y clown i fy wyneb wnaeth imi wylltio. Rown i wedi 'nghornelu ac roedd talp iâ o ofn ym mhwll fy stumog. Ac mi wnes i drio dweud wrthi hefyd.

"Dwi ddim am ei wisgo fo a dwi ddim am fynd yna chwaith. Pam na cha i aros adra? Dwi'n casáu mynd i betha' gwirion fel hyn," ymbiliais drwy fy nagrau. Fel arfer roedd gan Mam ateb i bopeth, er 'mod i'n amau mai Dad oedd tu ôl i hyn. Roedd ganddi ofn fy nhad ac roedd yntau mor bengaled ac wedi mynnu fy mod yn mynd gydag o. Ceisiodd Mam ei gorau, chwarae teg.

"Ond mi fydd pawb arall yno, yn bydd? Ti'n siŵr o gael amser da, carnifal ydi o wedi'r cyfan," atebodd hi gan sychu'r dagrau'n gyflym rhag difetha'r haenen o flawd oedd ar fy wyneb.

"Paid â bod yn wirion rŵan a chditha bron yn un ar ddeg oed. Ti'n hogyn mawr, cofia, ac mi fyddi di'n mynd i'r ysgol uwchradd ym mis Medi. Ac fe wnei di ffrindiau newydd, a hen bryd hefyd achos rydan ni yma ers tri mis," meddai gan daflu cipolwg sydyn ar y cloc. "Os ti'n bihafio mi gei di anrheg gwerth chweil ar dy ben-blwydd, efallai'r tegan *action man eagle eye* yna ti'n sôn amdano byth a hefyd!"

Trodd ar ei sawdl a dechrau golchi'r llestri cinio a guddiai yn y sinc o dan luwch o swigod gloyw. Roedd y radio, fel arfer, yno'n cadw cwmni.

"*… and as the cold snap continues, the miners' strike is entering the fourth week with no sign of a settlement. Coal stocks are running low…*" meddai'r llais o'r bocs plastig, tra oeddwn i'n cynllunio i geisio ei pherswadio i newid ei meddwl.

"Ond tydi 'mhen-blwydd i ddim tan fis Mehefin, Mam, a be bynnag, dwi ddim isio mynd. Os dwi'n ddeg oed ac wedi tyfu fyny mi alla i wneud be dwi isio! Plîs, Mam, dwi ddim isio mynd. Os fydda i'n mynd mi fydd pawb o'r tîm pêl-droed yn chwerthin ar fy mhen i a finnau yn edrych fel clown." Rown i'n meddwl imi weld cysgod o euogrwydd ar ei hwyneb, a gwelais fy nghyfle.

"Tydi hi ddim yn hawdd achos dwi'n siarad yn wahanol i bawb ac maen nhw'n gwybod be ydy gwaith Dad hefyd. Maen nhw'n tynnu arna i bob dydd fel ma'i." Roedd y dagrau yn dechrau llifo rŵan. Daliais ati mewn llais bach, truenus.

"Ma Simon Jones wedi bod yn deud wrth bawb drwy'r wythnos 'mod i am ennill achos mai Dad ydy'r beirniad. Ac mae o'n deud mai dim ond merched sydd yn cystadlu." Tynnais fy nghap gyda'r geiriau yna ond feiddiais i ddim ei daflu fel rown i'n bygwth ei wneud yn fy mhen. Daeth fy nhad i'r gegin. Ni fyddai'r ymbil yn cael unrhyw effaith arno fo.

"Llai o'r lol 'ma. Ti fel hogyn bach wedi'i sbwylio. Os ti'n mynnu parhau fel hyn, chdi fydd yn mynd yn debycach i glown bob munud. A ti'n mynd i'r carnifal a dyna ni. Diwedd arni." A daeth â'i law i lawr fel petai'n Bruce Lee i bwysleisio nad oedd am glywed gair arall.

Fel arfer buaswn yn gwybod mai syniad drwg fyddai dal ati a Dad wedi siarad fel yna. Ond rhoddais un cynnig arall arni gan godi fy mhen i syllu arno yn herfeiddiol.

"Reit. Dach chi jest ddim yn gwrando ar be dwi'n ddeud. Mi fedrwch fy ngorfodi i fynd yna, ond dwi ddim am symud o'r car o gwbwl." Rhyfeddais wrth glywed y geiriau gan nad oeddwn wedi cynllunio hyn, ond wrth weld yr olwg ar ei wyneb llifodd yr hyder.

"Dwi'n mynd i aros yn y car a does dim byd fedrwch chi wneud i 'ngorfodi fi i wneud fel arall." Brasgamais at y drws cyn troi a gweiddi,

"Dwi ddim yn meddwl fod y gweinidog eisiau cael ei weld yn cario'i fab yn sgrechian allan o'r car," gwaeddais, wrth redeg o'r ystafell, a thrwy ddrws y ffrynt. Gadewais hwnnw'n agored a chamu at y car gan dynnu'r drws ar agor cyn neidio i sedd gefn y cerbyd. Roeddwn wedi llwyddo i osgoi cael fy nghywilyddio, oherwydd imi daro ar fan gwan fy nhad.

"Peidiwch â thynnu sylw atoch chi'ch hun. Byddwch yn ddistaw a chwrtais a pheidiwch byth â chodi ffŷs, beth bynnag sydd wedi digwydd," oedd ei rybudd yn ddyddiol. Gwisgai siwtiau du beth bynnag fyddai'r tywydd, a lliw'r tei oedd yr unig awgrym o'r gwaith a oedd o'i flaen y diwrnod hwnnw. Felly gwyddwn yn dda na allai Dad, gweinidog newydd yn yr ardal ac felly beirniad y carnifal blynyddol, gael ei weld yn llusgo'i fab o'r car a hwnnw'n cicio a strancio fel ebol blwydd.

O fewn munudau bu'n rhaid imi agor y ffenest gan fod yr haul yn tywynnu er inni fod yng nghanol un o'r gaeafau oeraf ers blynyddoedd, a finnau yn fy ngwisg ci bach o ffwr trwchus. Ond roeddwn ar ben fy nigon. Unrhyw funud byddai fy nhad yn dod ataf ac yn fy hel i'r ystafell wely. Dyna oedd y gosb arferol, ond heddiw, er yr haul, dyna'r union le roeddwn i eisiau bod. Ond nid oeddwn wedi deall, eto, pa mor bengaled roedd fy nhad yn gallu bod, ac na fyddai byth yn ildio. Clywn Mam a Dad yn siarad wrth y drws ffrynt. Roedd o wedi troi i siarad â hi a gwelwn ei hwyneb. Roedd ofn arni.

"Be ti'n mynd i neud efo'r hogyn 'ma, d'wad?" Ceisiodd wenu, ond hanner gwên oedd hi. Ni fedrwn weld ei hwyneb ond rhaid ei fod wedi codi ofn arni.

"Bydd rhaid iti'i adael o yno drwy'r pnawn, neu mi fydd pobol yn siarad. Ti'n gwybod sut maen nhw." Siaradai fy mam yn gyflym a nerfus. Gwyddai hi o bawb, ac yn well na fi'r adeg honno, am hyd a lled ei dymer.

"Mi gawn ni weld am hynna," meddai fy nhad, gan daflu cipolwg i'r chwith a'r dde i weld a oedd unrhyw un yn y stryd. "Mi ddysga i *wers* iddo fo. Dwi'n gwybod yn iawn lle i barcio ar ôl cyrraedd," ychwanegodd, ac yntau yn amlwg yn ceisio rheoli ei dymer. Suddais yn ôl i'r sedd. Fyddai o fyth yn dal i fynd i'r carnifal efo fi yn y car, meddyliais. Clywais ei lais eto.

"Mi ddysga i wers i'r diawl bach nes bydd o byth yn meiddio codi ei lais fel yna arna i eto." Clywn o'n cerdded at y car a chodais fy mhen - roedd yn rhaid imi weld ble roedd fy mam, a gwelwn ni hi'n sefyll yn y drws ac ar fin camu allan, ond oedodd ei throed gan hofran uwchben y stepen. Fel yr oedd fy nhad yn agor drws y car mae'n rhaid ei fod wedi gweld rhywun yn mynd heibio. Roeddwn i'n gorwedd ar fy hyd ar y sedd gefn erbyn hyn.

"Mrs Jones, bore da i chi. Bore hynod o braf, ynde," meddai, ond ni chlywais yr ateb.

"Siŵr o wneud, Mrs Jones, y carnifal yn gyntaf heddiw, ac wedyn yn ôl adref i baratoi at y bore. Edrych ymlaen at eich gweld bryd hynny." Ac erbyn iddo orffen siarad roedd yn eistedd yn y sedd ac wedi cau'r drws.

Cychwynnodd yr injan, ac wedi cip dros ei ysgwydd dde roedd y car yn symud. Roedd gormod o ofn arna i i symud, ond ar ôl deg munud dechreuais amau a oedd o'n gwybod fy mod i yn y car. Ond gwelais o'n symud y drych uwch ei ben fel y gallai fy ngweld i ar y sedd gefn. Ni wenodd na chydnabod iddo fy ngweld.

Wnes i ddim codi o'r sedd ac erbyn imi weld arwydd drwy'r ffenest yn ein croesawu i'r ysgol gynradd, roeddwn yn teimlo'n sâl. Fues i erioed yn deithiwr da, ac roedd gorwedd yn y cefn wedi gwaethygu'r cyfog.

Roeddwn i wedi disgwyl iddo barcio'r car Princess coch a du ar y lôn fawr tu allan, ond mi aeth drwy'r giatiau. Agorodd y ffenest a gwichiodd honno fel arfer.

"Helô, sut dach chi, ydy'n iawn imi barcio ar yr iard os gwelwch yn dda? Mae gen i gwpwl o focsys i'w cario ar gyfer y gwobrwyo a tydi 'nghefn i ddim yn grêt y dyddiau yma!" Gwelwn ei wyneb yn y drych. Roedd yn dweud celwydd.

Gyrrodd yn ei flaen gan barcio reit ar ganol iard yr ysgol. Allwn i ddim bod yn siŵr a oedd o'n gwenu, ond ces fy ngadael yn y car wrth iddo chwibanu a chloi'r drws heb edrych arna i unwaith.

Roeddwn i wedi dweud drwy'r wythnos nad oeddwn i am fynd i'r carnifal, heb sôn am gystadlu, tra bod fy nhad yn feirniad. Dwi'n amau ei fod eisiau profi nad oedd yn ffafrio neb, hyd yn oed ei fab ei hun. Dyna pam roedd cymaint o ymdrech wedi mynd i greu fy ngwisg. Ond efallai mai dyna dwi'n ei weld bellach a finnau'n edrych yn ôl, a blynyddoedd wedi mynd heibio erbyn hyn ers y pnawn poeth hwnnw o haf. A dyna'r lle roeddwn i, yn y carnifal lleol wedi 'ngwisgo fel Coco'r Clown. Dim ond merched a hogiau bach 'neis' fyddai'n gwneud y fath lol. Mi fyddai'r hogiau 'go iawn' yn treulio'r pnawn yn chwarae pêl-droed a bwyta *hot dogs* a nionod gwlyb â sos coch trwchus yn diferu ar eu hyd wrth i'r carnifal ymlwybro yn araf deg drwy'r pentref.

Ar y pryd roeddwn i'n meddwl 'mod i wedi cael y gorau arno fo drwy fynd i'r car heb roi cyfle iddo ddweud dim. Gorwedd yno wedyn yn fy nillad gwyn gyda botymau coch o ddefnydd hen gyrtens Nain wedi eu gwnïo ar y blaen. Am fy nhraed gwisgwn bâr o hen sgidiau mawr, wedi eu glynu wrth ei lle gyda selotêp a llinyn hir. Gorchuddiwyd fy wyneb gyda blawd o'r tun yn y gegin. Roeddwn yn benderfynol nad oeddwn am fynd allan o'r car. Gallwn guddio yno a darllen un o lyfrau'r Llewod oedd wedi ei stwffio rhwng belt fy nhrowsus a 'nghefn. Byddai'n help i ladd amser.

Ond nid felly roedd hi am fod. Pan sylwais ein bod wedi parcio ar yr iard roeddwn yn chwys oer drosta i. Gwenu gwnaeth fy nhad cyn fy ngadael, ond dychwelodd o fewn ychydig funudau. Siaradodd drwy'r ffenest a oedd yn dal yn hanner agored.

"Wel, Steffan…" Gwyddai fod hynny yn mynd dan fy nghroen, gan mai Stephen neu Steve oeddwn i gan bawb arall."Mae croeso i ti aros yn y car drwy gydol y pnawn. Ond dwi ddim am i ti golli dim, felly mi fyddi di'n gweld popeth o'r car yn fama ar ganol yr iard."

Wrth ail-fyw'r sgwrs hon dros y blynyddoedd dwi'n credu bellach fy mod yn gwybod beth yr oedd o'n ei wneud. Roedd o eisiau tynnu sylw, ac eisiau i bobol wybod fy mod i yn y car. Felly dyna pam y safodd wrth y ffenest am funud neu ddwy, i wneud yn siŵr fod pawb yn gwybod mai fo oedd berchen y car.

O fewn eiliadau wedi iddo fy ngadael i am yr ail waith, roedd haid o blant yr ysgol o gylch y car yn pwyso ar y ffenestri glân gyda'u gwefusau a'u bochau poeth, gan greu siapiau stêm. Roedd pawb yn gweiddi a chwerthin wrth imi geisio cuddio ar y llawr, gan wasgu fy hun i'r bwlch rhwng y sedd flaen a'r un gefn. Ond yn ofer – roedd pawb yn gweld.

Dwi ddim yn siŵr am faint y bûm yno ond cofiaf hyd heddiw'r dagrau a'r blawd yn rhedeg i 'ngheg. Wrth imi ruthro i wasgu fy hun o'r golwg fe blygais glawr fy llyfr gan sigo a chrensian y tudalennau newydd sbon. Fel arfer byddai unrhyw lyfr o'm heiddo yn cael ei drin fel arian papur gen i.

"Bois, ma'r clown bach yn y car. Neu ai ci bach yw e? Gwrandewch ar y sŵn mae e'n neud!"

"Well i rywun fynd i nôl Dadi!" clywais un arall yn gwatwar.

"O diar, mae e'n rhy brysur yn pregethu fan acw. 'Dyn ni ddim isie distyrbio rhywun mor bwysig, nag' yn?" Llais un o fechgyn y pentre', dwi'n meddwl. Llabwst tew o'r enw Gwyn Parry wnaeth ddwyn fy meic unwaith ond fethodd â mynd yn rhy bell gan fod y beic bach yn sigo o dan ei bwysau. Bu'r plant wrthi am yn hir a fedrwn i ddim gwasgu 'nghlustiau'n ddigon caled i gael gwared ar eu sŵn. Diolch byth fod y drysau wedi eu cloi.

"Falle fod e'n styc lawr fanna. Ti'n gallu'n clywed ni? Ti ishe rhywbeth i fwyta? Ma'r *hot dogs* 'ma'n ffantastig. Dyma ddarn i ti." Teimlais nionyn yn ludiog gan sôs yn taro fy nwylo ar ôl hedfan drwy'r ffenest hanner agored.

"Does 'na'r un athro'n mynd i dy helpu di nawr, boi, a 'dyn ni ddim yn mynd i dy adael di mas o'r car 'ma chwaith. Ti'n mynd i goginio yn aradeg bach i mewn yn fanna nes byddi di'n *hot dog* bach dy hun!"

Mi gymerodd hi oes iddyn nhw ddiflasu ar chwerthin a lolian o amgylch y car, a fedrwn i fyth wthio fy mysedd yn ddigon dwfn i fy nghlustiau i ddiffodd y lleisiau. Cefais hunllefau am hynny am fisoedd, yr un un bob tro. Criw o amgylch y car yn gweiddi a chwerthin arna i. A fyddai hynny fyth wedi digwydd pe bai 'Nhad ddim ond wedi gwrando ar fy llais bach i am unwaith.

Ond wnaeth neb fyth wrando arna i. Rown i wedi cynnig droeon mynd efo fo i gyfarfodydd a phwyllgorau ac ati gan 'mod i'n ei edmygu o'r adeg honno. Ni chefais i fyth y cyfle, er gofyn sawl gwaith.

"Ddim dy le di ydy bod yno," fyddai ei ateb bron bob tro. "Mi fyddet ti dan draed ac yn niwsans i'r bobol sy'n rhedeg y lle, ac mi fydd ganddyn nhw lawer o bethau pwysig i'w gwneud heb sôn am orfod edrych ar dy ôl di hefyd."

Dyna oedd hi bob tro, ac yn y diwedd fe wnes i roi'r gorau i ofyn a dechrau cymryd arnaf nad oedd ots gen i ble roedd o'n mynd. Ond celwydd oedd hynna, tan iddo fy nghloi yn y car.

Pennod 3

Cychwynna pob hunllef yr un fath. Blas mwg yn crafu fy ffroenau a tharo cefn fy ngwddw. Llenwa'r blas fy ngheg ac mewn amrantiad mae fy nghalon yn dyrnu. Ffrwydra'r chwys drwy 'nghroen a dwi wedi fy ngharcharu yn y ffosydd rhwng cwsg ac effro. Fedra i ddim symud pen bys er fy mod yn ymdrechu i godi a ffoi rhag y diafol sy'n llechu yn y cysgodion tu ôl i'r gwres. Nid oes dianc i fod. Rwy'n mygu ac eisiau crafangu'r blancedi oddi arnaf a dringo'r waliau. Ond dwi fel corff celain. Caiff arswyd yr hunllef ei gynyddu gan ei fod wedi ei gymysgu gydag atgofion sydd mor gysurus a chyffredin.

Bob dydd Sul yn ystod fy mlynyddoedd ysgol byddwn wrth fy modd yn gweld Mam yn tynnu'r cyw o'r popty cyn ei osod yn ddefodol a balch ar fwrdd yr ystafell fwyta. Rhoddai sgrech larwm y stôf ddigon o rybudd imi garlamu i lawr yr ysgol o'r atig lle'r roeddwn yn mynd i guddio bob dydd. Byddwn yn ffoi yno ar ôl dod yn ôl o wasanaeth y bore. Fyddai 'Nhad fyth adre ar fore Sul ac felly roeddwn yn rhydd i neidio'n swnllyd i lawr y grisiau. Codai arogl y cig yn gymysg â gwres cysurus y gegin. Dim ond yn yr haf y byddai'r atig yn gynnes, ond treuliwn fy holl amser yno gan nad oedd neb yn hoffi dringo'r ysgol fetel simsan.

"Gad lonydd i'r cig heddiw, ti'n clywed?" Dyna rybudd wythnosol fy mam wrth imi wthio'r drws ar agor. Yn aml byddai'n troi oddi wrthyf wrth ddweud hynny, a dwi'n hoffi meddwl ei bod yn gwenu.

"Iawn, Mam, dim ond dod i edrych os ydach chi eisiau help ydw i," meddwn i'n ddiniwed. "A dwi wedi gorffen fy ngwaith cartref," ychwanegwn gan obeithio cael gwobr fechan.

"Da iawn chdi, ond cadwa di draw. A lle oeddach chdi pan oedd angen plicio'r tatws a'r moron," atebodd, "a tithau mor barod i helpu, medda ti!"

Byddwn yn codi fy ysgwyddau a symud yn ara deg bach yn nes at y stof. Roedd hi'n rhy brysur yn cadw llygad ar y llysiau ac yn troi'r grefi gyda llwy bren i gadw golwg manwl arna i. Arhoswn yn ddistaw bach wrth grafu fesul modfedd ar bapur blodeuog y waliau, gan obeithio y byddai'n anghofio amdanaf. Neu tybed oedd hyn oll yn rhan o'r gêm fach rhyngom?

Wrth godi'r cyw o'r popty byddai saim yn diferu oddi ar ei ochrau, cyn caledu'n beli crynion gwyn ar y llawr. Byddwn yn sathru'r rheiny i'r mat du a oedd yn gwarchod y carped cyn i Mam sylwi. Yna, byddwn yn estyn fy nwylo. Hoffwn deimlo'r croen a graswyd bron yn ddu nes ei fod wedi codi yn swigod bychain oddi ar y cig ei hun. Cyffyrddwn â'r rheiny yn ysgafn, gariadus gan geisio peidio â'u torri. Ond diflaswn ar hyn yn fuan. Byddwn wedyn yn tynnu'r croen yn slei gan ei ryddhau ar ochr isaf y cyw, gan sugno blas hallt y cig oddi ar fy mysedd. Byddai Mam yn tywallt y grefi poeth o'r sosban i bowlen wen a gafodd hi ar ddiwrnod ei phriodas. Cegin gynnes a llond plât o fwyd i'w fwynhau. Pan oeddwn yn hŷn, i gynhesrwydd atgofion fel hyn yr hoffwn ddianc pan oedd sefyllfa'n bygwth fy nhrechu. Ond gwyddwn fod yr atgofion braf dan gwmwl, gan fod eistedd i fwyta'r bwyd ar ôl i 'Nhad ymuno â ni yn hunllef ynddo'i hun. Yr her oedd canolbwyntio, a thrio peidio â thynnu ei sylw.

Cofiwn yr hen blât metel hirgrwn y gorweddai'r cig arno. Bu unwaith yn wastad a gloyw fel Llyn Llydaw wedi gwawrio bore clir o haf. Pylodd ei loywder. Dros y blynyddoedd cyrlio wnaeth yr ochrau rywfaint, ond y blynyddoedd o wasanaeth caled wythnosol wnaeth hyn, nid unrhyw ddiogi wrth y sinc. Gallwn weld ambell air wedi ei ysgrifennu'n gelfydd arno, er bod y rhan fwyaf ohonynt wedi diflannu fel ôl traed ar draeth wrth i'r llanw olchi drostynt. Neges llongyfarch ar ddiwrnod priodas, a chan fod y briodas honno'n raddol bydru roedd yn addas felly fod y dymuniadau hefyd yn araf ddiflannu hyd nes y byddent yn ddim ond atgof.

Dyna'r atgofion oedd gen i am y gegin gysurus ar ddyddiau Sul. Dwi'n siŵr fod y radio yn chwarae yn y cefndir hefyd, cyfuniad o sgwrsio a chanu emynau. Neu tybed ai fy nghof a wnaeth blannu'r elfennau hynny wedyn? Oherwydd fedrwn i fyth gofio ymhle roedd y radio yn y gegin. Roedd dresel ffug o bren tywyll ar un wal gyda llestri yn hongian oddi ar begiau; cwpanau na fyddem fyth yn eu defnyddio. Yn y cypyrddau y byddem yn cadw'r cwpanau a'r mygiau bob dydd. Roedd pob math o geriach tŷ wedi ei wasgaru ar hyd y silffoedd cul; yn feiros, stampiau, hen amlenni, bandiau rwber a darnau o bres. Byddai arogl y cig rhost yn addo gwledd a hoffwn syllu ar y saim yn ceisio dianc dros ochrau'r plât.

Am eiliad fer roeddwn yn ôl yng nghegin fy mam, a'r teimlad o sicrwydd a chroeso yn diflannu fel tarth. Nid oedd yr arogl yr un fath. Roedd rhywbeth o'i le. Mae'n rhaid fy mod wedi disgyn i gysgu. Ni fedrwn weld dim, fel pe bai'r trydan wedi diffodd heb rybudd a finnau'n dal i fod yn yr atig yn cuddio. Ond nid oedd ffenest yn yr ystafell yma. Clywn sŵn y teledu o bell gyda'r sain ar ei huchaf. Ffilm ryfel, mae'n rhaid. Na. Os ydy'r trydan wedi diffodd mae'n rhaid mai'r radio dwi'n ei glywed. Ceisiai fy meddwl ymresymu ac adnabod yr arogl unigryw sy'n llenwi fy ffroenau.

Dwi'n ymbalfalu am wal; un fetel ydy hon, yn oer a llaith mewn un man, ac yn ferwedig mewn man arall. Wal fetel? Alla i ddim bod yn y gegin felly. Tagaf yn galed nes bron chwydu ar fwg cras, fel petawn yn sefyll wrth goelcerth tân gwyllt. Dwi'n teimlo'r gwres.

"*MAM*!" Daw sgrech gan ddyn sydd fel un plentyn yn

ymbilio. Dwi'n neidio ar ôl ei chlywed. Pwy sy'n gweiddi am ei fam? Pwy ydy'r dyn sy'n sgrechian am ei fam? Dwi'n dechrau cynhyrfu ac yn anadlu'n drwm ond wela i ddim ffordd allan. Gwthiaf fy nwylo o 'mlaen i er mwyn ceisio canfod wal a drws a dihangfa. Mae'n llethol o boeth nes bod fy nghroen yn llosgi.

Nid lleisiau gwasanaeth y bore ar y radio oedd yn y cefndir. Ac nid bonllefau torf gêm rygbi chwaith. Ynghlwm â'r sgrechian roedd arogl, yn union fel oedd yn y gegin adre, ac eto'n wahanol. Ond dwi ddim adre yn y guddfan gysurus chwaith. Dwi'n siŵr o hynny, ond ddim yn gwybod pam. Teimlaf handlen fetel a dwi'n gafael ynddi ac yn ei gwthio'n galed, reddfol, i lawr a'i thynnu. Er fy mod yn gwisgo menig dwi'n teimlo fy nwylo'n llosgi. Caiff fy anadl ei sugno allan o fy ysgyfaint.

Mewn amrantiad daw popeth yn gliriach, fel petawn wedi bod o dan y dŵr hyd nes yr eiliad yma, ac wedi clywed popeth o bell. Clywaf glecian fflamau, blasaf fwg ac aroglaf gyw iâr yn crasu. Teimlaf wres agos y fflamau yn crino'r croen ar gefn fy nwylo a fy wyneb, a does dim syniad gen i i ba gyfeiriad y dylwn ddianc. Dwi'n methu anadlu.

Gwelaf fflamau sydd fel blancedi o dân yn cael eu hysgwyd yn galed o fy mlaen, yn ddu gydag oren machlud haul; yn llwyd gyda choch gwaed, gan ysgwyd a phlygu i bob cyfeiriad a rhuo ar yr un pryd. Enfys y diafol dwi'n ei weld. Mae yna gysgodion ar ffurf dynion yn ei ganol yn neidio a hyrddio eu hunain i bob cyfeiriad yn erbyn y waliau. I geisio diffodd y fflamau maen nhw'n gwneud hyn? Mae'r sgrechian yn fy myddaru. Dwi ddim yn gwybod ble i droi ac mae gwres y fflamau yn fy amgylchynu. Mae'r cyrff o 'nghwmpas ym mhobman, mae fel sefyll mewn torf gêm rygbi ac eto mor wahanol. Camaf ymlaen ond wela i ddim byd rŵan oherwydd y mwg, ac mae arogl y cig mor gryf dwi bron â chwydu. Rywle uwch fy mhen mae clychau'n crochlefain, awyrennau'n rhuo heibio'n agos gyda chlec o sgrech a gynnau yn tanio. Llyncaf anadl i'm hysgyfaint. Ond mae'r awyr yn boeth ac yn llawn llwch, lludw a mwg cras fel petawn wedi sefyll uwchben y grât adref ar ôl taflu gweddillion y bwced glo i'r tân. Daw goleuadau coch ymlaen ar y to, i'n harwain i'r ddihangfa.

Dwi'n cofio! Dwi ar y llong ac yn cofio'r rhybudd a gawsom wedi ei chyrraedd am y goleuadau coch a fyddai'n cael eu tanio mewn argyfwng. Mae'r llawr o dan fy nhraed yn ysgwyd gyda ffrwydrad sydd yn atseinio drwy'r coridor cul, ac rwy'n cyffwrdd y waliau sydd bob ochr imi neu mi fydda i'n siŵr o ddisgyn. Dwi'n gweld mwg yn codi o fy menig a dwi'n eu tynnu drwy eu rhoi dan fy nghesail a gadael iddyn nhw ddisgyn i'r llawr. Ond y sgrechian sydd yn boddi a mygu popeth arall. Y sgrechian sydd yn codi ofn iasol arna i. Dwi ddim yn deall yr un gair sy'n cael ei weiddi bellach.

Disgynna un o'r rhai sydd wedi bod yn gweiddi'n orffwyll. Mae o bellach yn crio fel plentyn ofnus ar ei bengliniau o fy mlaen. Yna, coda'n araf ar ei draed. Daw'r sŵn hunllefus o'r twll llosg gwaedlyd yn ei wyneb. Mae ei gorff ar dân. Mae o wedi ymddangos fel ysbryd drwy'r mwg o fy mlaen.

Mae ei wyneb wedi llosgi'n swigod coch a gwyn, ond dwi'n ei adnabod yn syth gan ei fod yn gwisgo *trainers* tenis gwyn, yr unig rai ar y llong. Meic ydy hwn. Meic sydd bob tro yn meddwl dau gam o flaen pawb arall, ac sydd bob tro wedi cofio sychu ei esgidiau cerdded ar y boiler yn y gegin.

Na. Gweddillion Meic sydd yn baglu i fy mreichiau ac yn ysgwyd yn wyllt yn yr unfan. Ceisiaf ei ddal ar ei draed drwy afael yn ei law. Rhwyga'r croen yn fy mysedd fel toes gwlyb yn cael ei dorri oddi ar ochr cacen yng nghegin Nain. Taflaf y darnau croen i'r llawr dan grynu. Gwelaf hwy yn y golau coch ac mewn amrantiad maent yn crino ar y llawr metel ac yn cyrlio fel darnau o facwn. Gwelaf y cig coch noeth ar y llawr yn mygu ar ôl gwres y fflamau. Disgynna Meic ar ei liniau fel petai am weddïo cyn taflu ei hun yn erbyn y wal fetel i geisio diffodd y fflamau sy'n ei fwyta'n fyw. Clywaf glecian ei lygaid wrth iddynt ffrwydro yn ei ben. Estynnaf fy nwylo ato ond mae'r gwres yn eu dychryn.

Ysgydwaf fy mhen, ond dwi'n dal yn y coridor tywyll yng nghrombil llong marchog Arthur. Goleuir y ffordd o 'mlaen gan fflamau sydd yn rheibio popeth ym mhen draw'r coridor. Cana clychau yn fy mhen ar ôl y ffrwydriad funud ynghynt a llifa gwaed i lawr fy wyneb o'r archoll ddofn ar ochr fy nhalcen. Yn rhyfedd iawn tydi o ddim yn brifo chwaith. Dw i'n cofio bod y ddihangfa ym mhen draw'r coridor a rhaid imi wthio heibio i Meic sydd yn llosgi'n ffyrnig. Fedra i ddim gadael fy ffrind, ond fedra i chwaith ddim gafael ynddo gan ei fod ar dân.

Gwelaf siâp dyn arall a'i lifrai yn hongian oddi ar ei gorff. Mae nerth a gwres y belen dân wedi glynu ei gorff i'r wal fetel wrth ei ddillad neu ei groen ac mae'n ysgwyd ei ben wrth sgrechian. Ceisia rwygo ei hun o'r wal ond nid oes ganddo'r nerth. Tynna ei fidog o'r wain a cheisia ddefnyddio honno i'w ryddhau. Defnyddia'r gyllell hir finiog fel petai'n ceisio torri coed tân gyda bwyell, gan daro'i gluniau a'i stumog yn ddidrugaredd dro ar ôl tro ar ôl tro. Ond glyna yn y wal, ac mae'n gwanhau fesul eiliad. Nid yw'n fy ngweld ac nid wyf yn gwneud dim byd i'w helpu. Dwi ddim eisiau marw yma ond fedra i ddim rhwygo fy llygaid oddi wrth yr olygfa ac ni all y milwr rwygo'i groen sydd wedi asio â'r wal.

Yna, llenwa fy mhen ag atgof o gegin fy mam a hithau'n paratoi'r cinio ac yn troi ataf gan estyn ei llaw imi. Rhaid imi ddychwelyd adre. Tynnaf fy nghôt drom dros fy mhen a diffodd yr hunllef sy'n fy wynebu. Crymaf fy ysgwyddau cyn dechrau rhedeg yn syth ymlaen a thrwy'r fflamau.

Er gwaethaf ei ymbil mewn iaith dwi erioed wedi ei chlywed o'r blaen, gwthiaf Meic ymaith gyda fy ysgwydd gan grafangu drosto a'i sathru i'r llawr wrth ruthro'n ddall am y drws argyfwng i'r dec.

"Helpa fi! Helpa fi!" Clywaf ei sgrechian a dwi'n gwybod ei fod wedi ei ddallu ac ar farw. Ond os arhosaf efo fy ffrind, mi fydda innau'n marw hefyd. Mae'r fflamau yn codi ofn arnaf nes rwyf bron â cholli 'mhen. Gwthiaf handlen y drws, ond mae wedi glynu'n sownd. Ni ildia fodfedd a theimlaf y fflamau yn nesáu a'r mwg yn fy nhagu. Teimlaf rywbeth yn taro fy mhigwrn. Alla i ddim edrych i lawr gan 'mod i'n gwybod mai fy nghyd-filwr, fy nghyd-Gymro, sydd yna yn marw. Agoraf y drws a chamaf ymlaen. Baglaf dros gyrff eraill mewn lifrai, ond dwi ddim am aros i helpu neb. Rhaid dianc. Fedra i ddim anadlu mwy. Cyrhaeddaf yr ysgol fetel a gwelaf gymylau llwyd uwch fy mhen.

Tynnaf fy hun i ben yr ysgol a chamu ar y dec. Gwynt oer y môr, oglau llaith yr heli a'r mwg, a dwi'n llowcio'r aer gan blygu mewn pwl o dagu caled. Efallai fy mod i wedi esgyn i'r lefel uchaf ond dwi'n dal yng nghylch Dante. Clywaf hofrenydd Wessex melyn yr awyrlu uwchben, gyda'r bathodyn crwn coch a gwyn ar ei gynffon, ac mae'r tonnau gwynt sy'n hyrddio ohono bron â fy nhaflu dros ochr y llong. Byrlyma cymylau o dân orengoch a mwg cras o bob twll, cyn codi i ffurfio cwmwl sydd yn hofran uwchben ac sydd yn fwy na'r llong.

Edrychaf 'nôl i lawr y ddihangfa y deuthum drwyddi a gwelaf olygfa agoriadol ffilm *Indiana Jones*. Milwr arall yn rhedeg nerth ei draed i lawr y coridor gyda phelen enfawr o fflamau yn ei erlid ac yn llenwi'r coridor.

"Rheda, er mwyn y nefoedd, rheda, jest rheda ata i, neidia!" dwi'n gweiddi arno, ac rwy'n dechrau gwyro i lawr i'w dynnu i fyny'r ysgol ond mae'r fflamau yn gynt a chaiff ei lyncu ganddynt. Fe'm teflir innau yn ôl oddi ar y dec gan daran o wynt sydd yn fy achub rhag y fflamau draig sy'n dilyn mewn amrantiad. Disgynnaf ar y dec gyda chlec sy'n gwasgu'r anadl o fy ysgyfaint. Trof ar fy ochr a chwydu. Nid oes golwg o'r milwr a gollodd ras olaf ei fywyd. Codaf ar fy nhraed a chofio imi sathru ar gyrff milwyr wrth ddianc.

"Tyrd, draw fama," gwaedda milwr gyda rhwymyn gwyn ar ei fraich dde a chroes goch arno. Gafaela yn fy nwy fraich ac edrych ar fy wyneb, syllu i fy llygaid ac edrych ar fy nwylo.

"Ti'n medru dweud dy enw? Ac i ba gatrawd ti'n perthyn?" gofynna.

"Andrews, Steve, Tw Para, Syr," dwi'n ateb yn reddfol. Gwena, ac ysgwyd ei ben.

"Dim angan deud hynna, mêt. Wyt ti wedi dy anafu o gwbwl?" Dwi'n ysgwyd fy mhen. Mae 'ngwddf yn llosgi. Mae'n fy nhywys ar ras ond yn camu'n ofalus dros gyrff milwyr sydd dros y dec ym mhobman.

"Ti'n medru cerdded, felly dos draw i ben blaen y llong ar unwaith," mae'n gweiddi dros y sŵn llosgi, yr hofrenydd a gweiddi poenus y dynion. "Paid oedi, os oes dim lle mewn cwch a ti'n medru nofio, neidia i'r môr. Paid aros. Mi fedra hon ffrwydro unrhyw funud." Mae'n rhoi clap ar fy nghefn. "Ti'n lwcus, ti wedi dianc heb unrhyw anaf o be wela i, yr unig un hyd yma i ddod o fanna heb gael dy losgi. Rhaid bod dy angel yn dy warchod heddiw, gyfaill."

Mae croen ei wyneb claerwyn yn dynn a'i lygaid wedi suddo i'w ben. Sylwaf fod gwaed ar ei ddwylo a'i gôt. Gyda hynny mae'n troi i roi sylw i'r milwr nesaf i gael ei chwydu o grombil y llong. Mae ei ddillad yn mygu ac mae ei wyneb yn goch.

"Stretcher," gwaedda'r medic, er nad oes gobaith yn y byd o gael un i'w helpu. Mae'n siŵr ei fod yn gweiddi er lles y milwr. Peth mawr yw gobaith a pheth hollbwysig yw cadw milwr rhag ildio i banic a mynd i sioc. Dyna sy'n lladd llawer. Dwi'n camu tuag ato i geisio helpu ond mae'n ysgwyd ei ben a defnyddio ei law i fy nghyfeirio at ben blaen y llong. Cofiaf ei rybudd am y perygl o ffrwydriad a dwi'n brasgamu i'r cyfeiriad arall. Dwi'n disgwyl yn y gwynt gyda chriw o filwyr eraill am y cwch nesaf.

Ar y dec mae cyrff milwyr sydd wedi eu clwyfo a milwyr eraill yn ceisio trin eu hanafiadau orau y medrant, gan rwymo clwyfau neu stwffio nodwyddau bychain llawn hylif morffin clir i'w breichiau neu eu coesau – y ddau, weithiau, cymaint yw poen y milwyr sydd wedi llosgi. Bydd hynny yn lleddfu'r boen i rai ac yn helpu i roi diwedd ar ddioddefaint eraill. Roedden ni i gyd wedi trafod beth fydden ni'n ei wneud mewn sefyllfa o'r fath. Ond hawdd ydy siarad wrth orwedd mewn sach gysgu neu wrth chwarae cardiau.

Does dim amser ganddynt i lanhau croen, dim ond i daro'r nodwydd drwyddo fel petai'n ddart. Dwi'n edrych i ffwrdd. Gwelaf dir melltigedig y Falklands tu hwnt i'r dŵr, traeth caregog budr yn fwrlwm o filwyr yn rhedeg fel morgrug. Eisoes mae rhai o'r cychod achub wedi cyrraedd y lan, cychod rhwyfo pren llydan fel un y Brenin Arthur yng Nglan Llyn, yn orlawn o gychod argyfwng rwber gyda thoeau oren. Mae'r rheiny'n cael eu tywys gan y cychod rhwyfo. Clywaf riddfan y craen anferth sydd uwchben y dec ac yn ymddangos o'r mwg du. O'i amgylch mae coelcerth, nid fflamau fel oedd yng ngrât tŷ Nain ond rhai gorffwyll sydd yn byrlymu a thoddi metel.

Uwch fy mhen mae'r awyr yn llwyd, y tir mawnog a wela i yn ddi-liw a'r môr yn llwydaidd gydag ambell don yn torri yma ac acw. Camaf at griw o filwyr sy'n gwisgo festiau gwyn gyda chroes goch arnynt. Gofynna un imi ydw i'n gallu cerdded a dwi'n amneidio fy mod i, heb ddweud gair, ac mae'n fy ngwthio i ganol rhes o filwyr sydd yn fy arwain at ochr y llong. Dringaf i lawr y rhaff yn araf i gwch achub rwber gan hanner llewygu a disgyn ar fy nghefn i bwll o ddŵr ar ei waelod, cyn cael fy rhwyfo tuag at y lan. Rhua'r hofrenyddion yn ôl a 'mlaen yn ddi-baid gyda'r sŵn yn nesáu a phellhau am yn ail fel tonnau ar draeth mewn storm. Maent yn chwydu cyrff y cleifion cyn dychwelyd i'r llong sydd yn wenfflam yn y bae. Wrth fy ochr mae milwr ifanc yn wylo, a gwelaf un arall gyda'i ddwylo wedi'u rhostio'n ddu a'i wyneb fel petai wedi gwneud shifft yn y pwll glo. Yr unig liw sydd o'm hamgylch yw siacedi achub oren rhai o'r milwyr, croesau coch ar festiau'r medics a'r fflamau coch sy'n dal i larpio'r llong yn farus.

Y milwyr eraill sydd yn fy nghodi o'r cwch ac i'r lan, gan fy rhoi i orffwys ar y mawn gwlyb. Daw medic ataf i rwymo cadach gwyn am fy nhalcen a 'nghyfeirio at feddyg. Clywaf o'n troi at filwr arall gan ddweud wrtho am beidio â chymryd sylw o'r milwyr sydd yn sgrechian.

"Y rhai sydd yn ddistaw ti angen eu trin gyntaf. Nhw sydd wannaf." Gofynna fy enw ond y cyfan dwi'n gallu ei sibrwd yw "Meic… Meic."

"Paid â phoeni, Meic, ti'n saff rŵan," meddai'r medic wrthyf, gan ddal fy mhen yn ei ddwylo ac edrych i fyw fy llygaid fel petai'n archwilio fy enaid i weld be dwi wedi ei wneud. Dwi eisiau gweiddi:

"*Na, dach chi ddim yn deall. Dwi wedi cerdded dros Meic, ei sathru; mi glywais ei lygaid yn ffrwydro yn ei ben. Mi adewais i fy ffrind gorau losgi'n fyw!*" Ond y cyfan dwi'n ei ddweud yw:

"Meic. Madda imi."

Deffroais a'm corff yn belen fechan yng ngwaelod y gwely gyda'r cynfasau wedi eu taflu ar lawr. Roeddwn yn diferu o chwys ac roedd fy ngheg yn sych grimp. Yr un hunllef eto fyth. Ond mor fyw ag uffern y diwrnod y digwyddodd. Doedd nunlle imi ddianc rhag yr atgof. Fyddai Meic wedi maddau imi am ei adael yno?

Pennod 4

Deffrodd Meic ac roedd yn argoeli'n fore perffaith ar gyfer dwyn glo. Glo i losgi'n y grât a chynhesu'r tŷ. Roedd ei dad yn dweud fod hawl ganddynt i'r glo, ac nad dwyn oedden nhw.

"Paid gwrando ar neb, 'ngwas i," meddai pan ofynnodd Meic iddo pam roedd yr heddlu wedi arestio rhai ar y domen lo y diwrnod cynt. "Mae'r glo yna ers blynyddoedd a neb yn dangos diddordeb ynddo er ei fod yn llosgi bron cystal â'r stwff sydd yn cael ei werthu."

Eisteddai ar y soffa frown drws nesaf i'w fab yn yfed paned. Dyn byr a llydan oedd o, prop i glwb y pentref ers blynyddoedd, ac roedd ei drwyn wedi ei dorri droeon. Rygbi neu focsio – gan ddibynnu ar ba stori roedd am ei hadrodd y diwrnod hwnnw. Etifeddodd ei fab ei wallt du a'i lygaid brown.

"Felly pam na ddylien ni ei ddefnyddio? Ni neu ddynion yr ardal yma sydd wedi ei gloddio, ac os fyddwn ni'n dal ati mi fedrwn leihau tipyn ar y tomenni hefyd." Ond roedd dau rybudd ganddo i'w fab.

"Cofia, dyw'r heddlu yn ddim ond gweision bach i'r llywodraeth. Paid cael dy ddal." Gwenodd a rhoi winc ar Meic. "Wnân nhw ddim edrych ddwywaith ar fachgen ysgol beth bynnag, felly mi fyddi di'n saff. Ond gwna'n siŵr nad ydyn nhw'n dy weld." Dywedodd hynny mewn llais tawelach ac roedd Meic yn gwybod ei fod o ddifrif.

"Ac yn ail – ac mae hyn yn bwysicach fyth! Paid dweud wrth dy fam, iawn? Ti'n deall? Do's dim rhaid iddi hi gael gwybod popeth, nag oes?" Gwelodd Meic yn edrych yn rhyfedd arno.

"Dim ond poeni y byddai hi, fel arfer. Ti'n gwybod sut

ma hi, fachgen? Felly mi wnawn ni gadw hyn yn gyfrinach rhyngot ti a fi. Dwi'n ymddiried ynddot ti nawr." Cofleidiodd ei fab yn dynn. Anaml iawn y gwnâi hynny.

"Dwi'n falch iawn ohonot ti, Meic, cofia hynna. Mae'n ddrwg gen i dy fod yn gorfod gwneud hyn, ond mae'n rhaid i bawb dynnu gyda'i gilydd yn y streic. Ti'n deall?"

Gwenodd arno. Nid oedd Meic yn deall popeth roedd ei dad wedi ei ddweud, ond nid oedd eisiau edrych yn wirion drwy gyfaddef hynny. Byth ers y sgwrs honno roedd Meic yn sleifio i'r tomenni i chwilio am dalpiau o lo.

Gwisgodd yn gyflym a rhedeg i lawr y grisiau, ond roedd o ar ei ben ei hun. Cofiodd glywed clec y drws ben bore. Gadawodd ei fam dafell o fara o dan fowlen ar y bwrdd, cyn mynd ar ei hymweliad boreol â'r neuadd lle roeddent yn rhannu parseli bwyd. Rhoddodd Meic ychydig o fenyn ar y dafell, gan ofalu peidio â cholli yr un briwsionyn.

Er bod yr haul yn tywynnu roedd hi'n dal yn oer. Haul llwynog ar ddechrau Chwefror oedd hwn – awgrym o'r hyn a fyddai'n dod yn ystod y misoedd nesaf. Roedd y ddaear wedi ei chaethiwo gan gwrlid dur o rew, ac roedd yr eira ar y llethrau uwch yn golygu na allai llwch y glo gael ei chwipio i'w wyneb ac i'w ysgyfaint. Gwell ganddo ddioddef yr oerfel na'r llwch, ac roedd yn ei gwneud yn haws iddo'i gadw ei hun yn lân. Cofiodd mai dyna ddywedodd ei dad hefyd, er na fu hwnnw ar gyfyl pwll ers wythnosau bellach. Ond roedd yn dal i yfed.

Camodd yn sicr fel gafr i fyny llethrau'r domen, gyda styds metel ei esgidiau rygbi yn canu'n groch ar y cerrig wrth dorri drwy'r haenen o eira. Gwisgai'r rhain gan fod gwadnau ei esgidiau arferol bron yn dryloyw, ac roedd y styds metel yn ei gadw, ond nid bob tro chwaith, rhag llithro ar y llethrau. Atgoffai'r esgidiau o hefyd o ddyddiau gwell, pan nad oedd rhaid osgoi mynd i'r ysgol i chwilio am lo. Cyn belled nad oedd ei fam yn dod i wybod, byddai'n iawn.

Roedd pob botwm ar ei *parka* wedi ei gau'n ofalus, unrhyw beth i geisio atal y gwynt rhewllyd. Caeodd y belt am ganol y gôt mor dynn ag y gallai ac roedd y cortyn isaf ar y gwaelod yn caethiwo ei goesau ac yn crafu'r croen drwy ei drowsus tracwisg glas. Ond roedd yn atal y gwynt rhag sleifio i fyny ei gefn. Nid oedd dim o'r ffwr ffug ar ôl ar hyd ymyl yr hwd oedd wedi'i gau yr un mor dynn am ei wyneb. Gwisgai ei dracwisg gan nad oedd am faeddu ei drowsus ysgol na thorri twll ynddynt wrth ddisgyn ar y domen. Disgynnai bob tro er gwaetha'r styds.

Yn nythu ar ei fraich roedd basged siopa rydlyd a dynnodd o'r afon tu ôl i'r cwt ieuenctid. Roedd tiwb o blastig glas ar yr handlen gyda'r enw Kwiks arno. Nid oedd dim byd gwell am hidlo'r gwastraff oddi ar y domen nes gadael dim ond yr aur du. Roedd ambell gnepyn o lo hefyd a gadwai yn y rycsac fach goch ar ei gefn.

Llusgodd y fasged ar hyd yr wyneb a chodi talpiau o'r gwastraff cyn dechrau ei ysgwyd yn galed gan wybod o brofiad y byddai'n chwys diferol yn fuan. Ond ni feiddiai agor ei gôt. Âi i chwilio am lo unwaith yr wythnos ar ôl gweld lluniau o'r streic ar y newyddion un noson. Er gwaethaf y wên foreol a gâi gan ei fam gallai weld y boen yn cuddio y tu ôl iddi, ac yn ddiweddar roedd ysbryd ei dad wedi dechrau pylu hefyd fel popeth arall yng nghanol gaeaf llwm.

Fuodd o fyth yr un fath ers cael cweir gan blismon lleol ar ddechrau'r streic ar ôl iddo ddweud ei farn ar goedd. Ei fam oedd yr un oedd yn cadw'r teulu ynghyd, ac roedd y straen i'w gweld ar ei hwyneb bob bore – bagiau tywyll dan ei llygaid a chroen ei hwyneb yn dynn a gwelw. Ceisiodd anghofio am yr oerfel a'r dasg ddiflas a budr wrth feddwl am ddyddiau plentyndod yn ardal Llanberis, lle bu ei dad yn gweithio am gyfnod fel trydanwr ar ôl i chwarel Dinorwig gau. Ond fuodd o erioed yn hapus yno; mynd er mwyn ei wraig a wnaeth. Fuodd o ddim yn hir yn ei pherswadio i symud i lawr i'r de, gan ei hudo gydag addewidion o gyflog da a bywyd gwell gyda thŷ â gwres canolog, teledu a pheiriant golchi dillad.

"Meddylia, pum mlynedd o *overtime* a mi fydd digon ganddon ni i brynu stryd o dai yn Nant Peris, a gelli di orffen dy gwrs gradd ym Mangor wedyn." Dyna oedd yr abwyd a gynigiodd iddi. Roedd breuddwydion yn bethau braf. Biti nad oedden nhw wedi dod yn wir.

Treuliodd Meic awr yn crafangu a chrafu trwy'r domen gan ganfod ambell lwmp yma ac acw. Cadwai lygad ar y stryd islaw rhag ofn i'r heddlu gyrraedd. Roeddent wedi bygwth ei arestio fwy nag unwaith. Edrychodd hefyd am y bws i gael lifft adre – gan fod tocyn ysgol ganddo gallai deithio am ddim.

"Hei, fachgen, dere draw yma o'r gwynt am funud. Ti'n crynu, achan," meddai llais cryg. Roedd hen ddyn yn eistedd ar bapur newydd yng nghysgod cwt gafodd ei roi ar ochr y domen ryw dro. Nid oedd Meic am fynd ato. Ond doedd dim dewis ganddo gan fod yr hen ŵr wedi amneidio arno i ddod yn nes.

"Feddylies i fyth y gwelwn i'r fath olygfa eto, ond dyma ni fel llygod eglwys ac yn gorfod ymladd am ein hawliau," meddai gan swatio dan ei gôt drom ddu. Roedd sgarff am ei wddf tenau a chap stabal budr wedi ei dynnu'n isel dros ei glustiau. Eisteddodd Meic wrth ei ymyl, yn falch o fod allan o gyrraedd y gwynt am ychydig.

"'Na ti, fachgen, cymer di funud nawr i gael dy wynt. Dyw hwn ddim yn lle i chwarae arno." Tagodd nes bod ei ysgwyddau yn crynu ac ymladdodd i gael ei wynt. Ochneidiodd cyn troi ei ben a phoeri.

"Gwylia lithro, cofia, achos os ei di lawr fan'ny fydd dim stop arnat ti!"

Roedd Meic eisiau gofyn iddo sut yr oedd wedi llwyddo i ddringo mor uchel, ond roedd yn rhy swil. Bu tawelwch hir, a Meic yn falch o fedru gorffwys am ychydig.

"Welest ti'r gêm ddydd Sadwrn? Dyna dîm yw'r rheina, fachgen, Cymry a hanner! Tebycach i ddewiniaid, yn enwedig Bennett. Doedd dim cyfle gan yr Alban a dweud y gwir. Jiw, ma talent 'da'r bois yna." Ysgydwodd yr hen ddyn ei ben a thynnu ei gôt yn dynnach amdano.

"Ni fydd y wlad gyntaf ers degawdau i ennill y Grand Slam cefn wrth gefn yn fuan meddai nhad. A fydd neb yn cyffwrdd Cymru yn y blynyddoedd sydd i ddod," atebodd Meic. Edrychodd yr hen ŵr ar y bachgen mewn ffug syndod.

"Falle dy fod ti'n ifanc, fachgen, ond ti'n gwybod dy stwff am rygbi! A fydde'r tîm yna fyth wedi colli'r bencampwriaeth flwyddyn neu ddwy yn ôl chwaith, ond be ti'n ddisgwyl 'da'r clown o reff 'na'n rhoi cicie cosb i'r lleill ar blât!"

Oedodd Meic.

"Dad sy'n siarad am rygbi bob dydd yn tŷ ni," meddai, cyn i'r hen ddyn siarad eto.

"A chofia di, oni bai amdanon ni'r Cymry fydde'r Llewod fyth wedi curo'r Crysau Duon yn saith deg un chwaith. Fydde waeth iti ddweud mai buddugoliaeth y Cymry oedd hi oni bai am Duckham – a rhaid bod hwnnw'n hanner Cymro!"

Teimlai Meic ei hun yn dechrau oeri er gwaetha'r cysgod.

"Ma Dad ar streic hefyd…"

Torrodd yr hen ŵr ar ei draws gan droi ato gyda gwên fach.

"Odi fe, wir? Whare teg iddo fe. Ma hwn yn gyfnod anodd iawn, a ma'r Blaid Lafur o'r dechre wedi troi'u cefne arnon ni, fachgen, ein plaid ni wedi'n gadael ni lawr. Feddylies i fyth y gwelwn i'r dydd pan fydde Llafur yn anghofio am ei chalon." Torrodd sŵn corn y bws drwy'r awyr a chododd Meic ar ei draed a thaflu ei fag ar ei ysgwydd.

"Pob hwyl. Wela i chi eto, mae'n siŵr," meddai, gan frasgamu i lawr y domen yn gyflym ond gofalus a'r gwynt yn chwipio'r eira'n gylchoedd yma ac acw.

"Gobeithio ddim, fachgen. Gobeithio ddim lan fan hyn fyth eto," sibrydodd yr hen ŵr gan eistedd o dan y domen drawiadol o ddu a gwyn.

Pennod 5

Mi fydda i'n meddwl yn aml am Nain wrth edrych ar yr ardd neu ar fy mam yn y gegin. Anodd credu y byddai hi wedi dathlu ei phen-blwydd yn naw deg erbyn hyn, a hithau'n edrych mor ifanc ac wedi byw adref ei hun ers deng mlynedd ar ôl colli ei gŵr a'i golwg. Pe byddai'n fyw mi fyddwn wedi ei ffonio i'w llongyfarch a gyrru cerdyn. Mi fyddai hi'n cadw popeth, er mor flêr yr ysgrifen, hyd yn oed y lluniau bach rhyfedd o bob lliw y byddwn i'n eu gwneud iddi pan oeddwn i'n fengach.

Eisteddwn ar y stepen goncrid o flaen y drws cefn, gan grymu 'mhen i wneud yn siŵr nad oeddwn yng ngolwg hanner uchaf y drws a oedd wedi'i wneud o wydr, ac anwybyddu'r oerni a oedd yn cripian i fyny 'nghoesau ac i fy nghluniau. Nid oeddwn am fynd i mewn i'r tŷ am dipyn. Wrth lwc nid oedd neb wedi 'ngweld hyd yma. Byddwn yn hel meddyliau yn aml ar y stepen cyn mynd i mewn i'r tŷ wrth iddi nosi a chael pregeth am fod yn hwyr eto. Anaml y byddai'r haul yn cyrraedd yr ardd gefn gan fod y tai o'i chwmpas mor uchel. Nid oedd yn fawr o ardd a dweud y gwir. Roedd darn styfnig o chwyn yn mynnu gwthio drwy'r concrid yma ac acw, ond nid oedd dim byd arall yn tyfu yno. Mor wahanol i ardd Nain a Taid. Ar y llain o dir llwm yng nghysgod mynydd Moelyci ger Tregarth roedd pob modfedd wedi ei defnyddio, ac un ai wedi ei phlannu â llysiau neu â blodau amrywiol a lliwgar. A byddai Nain bob tro yn fy atgoffa bod rhaid symud y llysiau o gwmpas bob yn ail aeaf er mwyn gwneud yn siŵr bod mathau gwahanol yn tyfu ar y tir yn gyson, ac felly yn ei warchod. Sut? Doedd dim syniad gen i, ond felly roedd Nain yn ei ddweud bob amser.

Hi fyddai'n arwain y gwaith gan nad oedd Taid yn medru symud yn dda. Roedd ei frest yn dynn ac roedd yn chwibanu wrth anadlu yn aml. Felly byddwn yn cario ei gadair bren i'r iard ffrynt iddo gael eistedd yno a'i ffon bren yn gorffwys ar y wal gerrig. Gwthiai ei gap stabal yn ôl ar ei dalcen gan eistedd yn syllu ar yr ardd. Mynnai afael yn y rhaw ac ati yn barod i'w hestyn i Nain neu i finnau. Byddai'n gafael yn aml yn fy mreichiau a chwarae reslo. Roedd ei ddwylo'n fawr ac yn edrych yn anferth i blentyn, bob amser yn gynnes er eu bod yn groen caled drostynt a blaenau'r ewinedd caled yn donnog fel to sinc.

Am y misoedd cyntaf wedi inni symud i'r de mi fyddwn i'n ffonio Nain unwaith yr wythnos o'r ciosg ar ben y stryd, gan ddisgwyl am y sain undonog o'r peiriant cyn stwffio'r darnau arian i mewn er mwyn cael siarad. Na, doedden ni ddim wedi bod yn cael 'trafferth' efo'r ffôn yn y tŷ; fy nhad oedd ddim am i neb ei ddefnyddio, oni bai bod argyfwng. Felly byddai Mam yn rhoi dau ddarn deg ceiniog imi, gan wybod yn iawn i ble roeddwn yn mynd. Ond mi fyddai'n anodd gwneud hynny erbyn hyn. Tydi'r ciosgs lleol ddim yn gweithio mwyach gan fod fandaliaid neu ladron wedi bod yn torri i mewn iddynt a'u malu, wrth geisio bachu'r ychydig arian sydd yn eu crombil.

"Biti na fysa'r heddlu'n treulio mwy o'u hamser yn dal drwgweithredwyr go iawn yn lle tarfu ar bobol ddiniwed," fyddai Mam yn ei ddweud bob amser wrth wrando ar y newyddion am y streic. Nid yw'r heddlu yn meiddio camu allan o'u ceir yn ein hardal ni erbyn hyn.

Mi fyddai wedi bod yn wych gallu siarad efo Nain heddiw ar ôl ennill coron eisteddfod yr ysgol, ond rhaid bodloni ar ddychmygu'r sgwrs. Roedd hi bob amser mor gefnogol. Byddai'n fy annog drwy roi llyfrau o'r silffoedd yn ei chartref yn anrhegion, ac yn barod i ddarllen straeon am oriau pan gawn i aros yno.

Dwi'n cofio Taid yn palu yr adeg yma o'r flwyddyn, cyn iddi ddechrau rhewi go iawn, a gosod gwrtaith. Byddai'n dweud bod ffrwyth y cynhaeaf ddim ond cystal â'r chwys a dolltwyd yn yr hydref. Ond yn y blynyddoedd olaf byddai'n rhaid i gymydog ei helpu i baratoi at y gaeaf, ac mi gollodd flas wedi hynny. Dyna'r adeg y dechreuodd gerfio ffyn neu fwa saeth a cleddyfau o bren imi o'r canghennau a gasglai yn y goedwig fechan ger copa'r allt lle roedden nhw'n byw.

Roedd Mam yn hoffi medru tyfu llysiau, a byddai'n gwneud lles iddi hi gael cyfle i weithio ar y tir a bwyta'i gynnyrch. Nid oedd dim byd gwell gen i na sleifio i ardd Taid rhwng y waliau o lechi hir, a bachu a bodio'r codennau meddal gwyrdd gan deimlo'r blew mân oedd yn eu gorchuddio, cyn gwasgu'r pys neu'r ffa o'u cwrlid a gynheswyd yn yr haul. Bron na alla i flasu'r mafon roedden ni'n eu rhyddhau o ofal y rhwydi tyn, gan daeru wrth Taid mai adar oedd wedi eu bwyta. Ac yntau wedyn yn dweud ei fod yn methu'n lân â deall ble roedd y twll yn y rhwydi. Ond dwi'n siŵr ei fod yn gwybod yn iawn beth roeddwn i'n ei wneud. Byddai'n braf gallu mynd i hel mwyar duon hefyd, ac maen nhw bron mor flasus hyd yn oed ar ôl eu rhewi. Biti, ond mae'n siŵr nad ydy hi'n saff bwyta'r rheiny sy'n tyfu ar lethrau'r ardal yma, a does dim diddordeb gan Dad mewn bod allan o'i 'stydi'.

Er bod yr ardd yn ein tŷ newydd yn eithaf mawr, dydy'r haul yn cael fawr o gyfle i'w bwydo gan fod tai y stryd yn taflu cysgod dros bopeth. Roedd y tomatos yn edrych yn eithaf addawol hyd yr wythnos olaf un bron eleni, had o'r enw Moneymaker y tro yma, ond mi fuodd y cwbwl lot farw dros nos cyn aeddfedu fel bob blwyddyn arall. Mi wnaeth Mam drio pob tric ddangosodd Taid i ni yn ystod gwyliau'r haf y flwyddyn gynt, hyd yn oed rhoi haenen o blastig tu mewn i'r gwydr. Ond dwi'n eithaf siŵr nad ydy'r niwlen denau sy'n cael ei denu ben bore gan leithder y tomenni yn ddim help. Welais i erioed y fath beth. Rhaid iddi fod yn ddiwrnod crasboeth i atal y tarth rhag casglu yn y cysgodion. Mae'n codi'r felan arna i.

Mae'n anodd dianc o fan hyn, ond dwi wedi llwyddo ambell dro. Mi gafodd tad Gareth, fy ffrind sy'n byw ar ben y stryd, fenthyg car ei frawd am ddeuddydd ganol wythnos ddiwedd Hydref ac mi aeth â ni am dro ar hyd y lonydd cefn a thrwy'r Bannau a'r Mynydd Du i wersylla. Dyna oedd eu gwyliau haf gan fod tad Gareth wedi bod oddi cartref drwy gydol mis Awst. Mae'n anodd credu fod cymaint o harddwch ddim ond ychydig filltiroedd o'n stepen drws ni. Mi wnaethom wersylla dros nos ger murddun hen blasty a buom yn ceisio pysgota yn yr afon. Roedd hi mor hawdd breuddwydio am ba mor braf fyddai byw yno ar ôl treulio cyfnod yn bell o anialwch oeraidd y strydoedd o dai teras. Nid oedd dim i'w glywed yn y wlad ond brefu defaid, ac roedd hi'n braf yno.

Mi fydd rhandir y cyngor yn aros yn nwylo Mam tan ddiwrnod olaf y flwyddyn, dwi'n meddwl. Braidd yn bell o'r tŷ ydy o a dweud y gwir, a doedd hi fyth yn hawdd mynd yno bob dydd i gadw llygad. Mae hi bron yn amhosib rŵan gan fod Mam yn gwneud cymaint i helpu gwirfoddolwyr y streic. Dwi'n eu clywed yn dweud yn aml pa mor galed ydy hi arnyn nhw.

"Dwi wedi gwerthu'r car," meddai mam bachgen o'r un dosbarth â fi. "Ond doedden ni ddim yn defnyddio'r hen Gortina mor aml â hynny, a bydd yr arian o'i werthu yn help mawr. Ac fe fyddwn ni'n arbed ar y costau rhedeg hefyd." Mi glywais sawl sgwrs debyg wrth eistedd yn dawel yn ymyl Mam nes i bobol anghofio fy mod yno. Mi ddysgais i'n fuan iawn ei bod hi'n werth cadw'n dawel weithiau.

A ddoe ddwytha roedd un o'r garddwyr eraill yn cwyno bod llysiau wedi eu dwyn ganol nos. Er na ddywedodd Mam ddim ar y pryd, gwyddwn y gallai ddeall pam roedd hynny'n digwydd.

"Dio'n ddim syndod efo'r holl dlodi y ffordd hyn, a'r streic yn gwneud petha'n llawer gwaeth," meddai. Roedd hi'n siarad fel hyn yn aml efo fi y dyddiau yma a finnau'n gwneud dim ond gwenu a gwrando. Treuliai fy nhad ei amser yn ei stydi yn darllen a pharatoi pregethau a darlithoedd.

Tydi hi fawr o ots a dweud y gwir ein bod am roi'r gorau i weithio ar y rhandir eleni, gan nad oedd y tir erioed wedi bod yn ffrwythlon – gormod o lo a gwastraff y pyllau ynddo, mae'n siŵr, meddai Mam. Ond roedd hi'n braf medru dianc yno, ac er bod y tomenni i'w gweld o bell, roedd coed a llwyni o gwmpas y rhandir a ddenai adar a bywyd gwyllt. Roedd ychydig o liw yno, ac roedd pleser mawr i'w gael o drin a chodi'r tir, plannu hadau a'u dyfrio bob nos. Yn y flwyddyn gyntaf cafwyd cnwd bychan ond blasus o fafon, tatws, pys, nionod a betys. Byddwn wrth fy modd yn rhedeg yno o'r ysgol i weld beth oedd wedi tyfu, ac a oedd angen codi chwyn neu gasglu sbwriel oedd wedi ei chwythu yno.

Roedd sied fechan ar y llain hefyd, wedi ei gadael yno gan y tenant blaenorol, ynghyd â chadair bren simsan, ond digon cryf i fy nal i. Yn y sied roedd y celfi'n cael eu cadw nes i rywun ddechrau dwyn o'r siediau eraill – ar ôl hynny byddwn yn mynd â nhw adre bob nos. Plastig oedd y ffenest ond roedd yn gadael golau i'r sied, ac os oedd hi'n ddiwrnod oer roedd hi'n hyfryd gallu cau'r drws ac edrych allan ar y tir drwy'r ffenest fach. Er bod silffoedd ar y waliau, roeddent yn gwichian pan fyddem yn mentro rhoi unrhyw beth arnynt, felly roedd popeth yn cael ei gadw ar y llawr. Ond roedd hwnnw'n sych gan fod y perchennog wedi ei godi ar frics i'w gadw oddi ar y ddaear. Felly roedd yr hadau a'r menyg ac ambell i hen gadach y byddem yn ei gadw yno yn berffaith sych.

Mae'n eironig iawn fod y tomenni glo o'n cwmpas yn ein hatgoffa'n ddyddiol o'r gorffennol a ninnau ar streic heddiw. Fel teulu dydy hi ddim yn ddrwg arnon ni o gymharu â bron pawb arall dwi'n eu hadnabod, a diolch fod gan Dad waith ac na fydd o'n mynd ar streic. Dim ond cynnig cyngor i bawb mae o, medd Mam. Mae hi'n dweud fy mod i'n tyfu'n dal fel Taid, er braidd yn fain, ond dwi'n siŵr o lenwi allan yn fuan.

"Mae'r holl dyfu yma'n ei gwneud hi bron yn amhosib i gael dillad i'w ffitio fo," oedd ei chŵyn gyson wrth y ddynes drws nesaf wrth roi'r dillad glân ar y lein.

Efeilliaid bach sydd gan honno, y tad wedi diflannu ers misoedd, a neb yn dweud dim amdano pan dwi o gwmpas. Wyn a Glesni ydy'r efeilliaid, ac yn ôl eu mam fyddan nhw ddim yn debyg i'w gilydd, ond ar hyn o bryd dwi bron â methu dweud y gwahaniaeth rhyngddyn nhw. Mae hi'n gwisgo'r ddau mewn dillad gwyn hefyd.

Dwi wedi cael gwaith mewn iard lo yn ymyl yr ysgol ac fel rhan o 'nghyflog dwi'n cael mynd adre gyda sachaid o lo bron bob nos. Mi ddywedodd John sydd yn byw drws nesaf ond dau mai'r rheswm dros hynny yw bod Dad yn weinidog. "Does neb arall yn cael eu talu fel'na," meddai.

Ambell waith dwi'n cael lifft gan weithiwr arall – hogyn o'r cwm nesaf yn wreiddiol – ond er ei fod o'n byw yma ers blynyddoedd mae'n gymaint o estronwr â fi.

Er bod rhaid mynd ar y bws erbyn hanner awr wedi chwech y bore i fynd i'r ysgol Gymraeg agosaf, mae'r daith yno'n rhoi cyfle imi ddarllen, ac erbyn cyrraedd yn ôl a gwneud fy ngwaith cartref mae hi'n amser gwely. Llai o amser yn y tŷ, felly.

Mi fydda i'n meddwl yn aml am Nain yn sôn am y Streic Fawr pan oedd hi'n ferch a pha mor galed oedd hi arnyn nhw, ond bod hynny wedi uno'r gymdogaeth. Mae Mam yn dweud ei bod yn gweld yr un peth o'n hamgylch ni yma erbyn hyn, cymdogion yn ceisio bod yn gefn i'w gilydd, ond gan fod pawb yn yr un cwch nid oes fawr o arian na bwyd ar gael. Trowyd y neuadd bentref yn ganolfan fwyd, gyda pharseli bwyd ar gael a chawl poeth bob gyda'r nos, ac mae Mam yno'n aml. Dwi'n trio bod yn gymaint o help iddi ag y medra i, ond ers inni symud i lawr i'r de tydi hi heb fod yr un fath. Hiraeth...

Pennod 6

Erbyn fy mod i'n ddwy ar bymtheg oed roedd yn well gen i dreulio pob pnawn Sadwrn allan o'r tŷ beth bynnag fo'r tywydd. Ar ben fy hun roeddwn i fel arfer. Chwarae rygbi yn y bore ac yna pan fyddai gweddill y tîm yn trefnu i gwrdd â'i gilydd, byddwn yn newid a mynd am y dre ar fy mhen fy hun. Treuliwn oriau yn y siopau yn edrych ar lyfrau a chylchgronau er mwyn lladd amser, ond ar y pnawn Sadwrn arbennig yma fe dynnwyd fy sylw gan un llun a newidiodd fy mywyd.

Ar ôl y gêm cerddais fel arfer heibio'r ysgol ac i'r dref. Fyddai neb yn chwarae yno a byddai'n ddiogel imi ddilyn yr un llwybr bob wythnos. Wedi imi gerdded o amgylch y dref am awr, dechreuodd hi fwrw glaw a chyfrais yr arian a oedd yn fy mhoced yn ofalus wrth sefyll yn nrws Woolworths. Roedd digon o arian gen i am baned o de a thost heb jam yng nghaffi Penguin yn ymyl y cloc, neu *chips* bach, afal a charton hanner peint o lefrith yn siop gwerthu-bob-dim Jones ar gornel ogleddol y sgwâr. Er y byddai'r caffi wedi bod yn gynnes, byddwn wedi teimlo allan o le yno a finnau ar fy mhen fy hun. Felly *chips* amdani, ac ar ôl eu gorffen, bûm yn loetran yn WHSmith yn edrych ar y llyfrau. Cyn belled â'ch bod yn peidio â chyffwrdd y llyfrau ni fyddai'r staff yn cymryd fawr o sylw, ond unwaith roedd plant yn dechrau eu byseddu heb eu prynu byddent yn eu hel nhw allan o'r siop. A dyna lle y gwelais i'r cylchgrawn. Un yn cynnig erthyglau a lluniau a straeon am filwyr arbennig oedd hwn, ac *Elite fighting forces of the world – be the best* oedd y pennawd lliwgar. Roedd cryn dipyn o sylw i'r SAS ers gwarchae llysgenhadaeth Iran yn Llundain yn gynharach yn y gwanwyn. Roedd y milwr ar y clawr yn gwisgo dillad gwyrdd ac roedd ei wallt yn gwta ar ei ben. Daliai gadach gwyn a oedd wedi ei droi'n goch am ei fraich dde uwchben ei benelin. Llosgwyd ei wyneb gan yr haul ac roedd y croen budr yn dynn ar ei wyneb nes bod esgyrn ei fochau fel rhai rhedwr Olympaidd. Edrychai fel petai mewn poen ac roedd ei lygaid yn rhythu tuag at ryw orwel pell. Codais y cylchgrawn – hanes milwr a oedd yn brwydro yn Affrica gyda'r French Foreign Legion, gan gynnwys cyfweliad.

'Hwn ydy 'nghartre, dyma 'nheulu, dyma fy myd,' meddai'r dyfyniad mewn llythrennau bras o dan y llun. 'Mi wna i farw dros fy mrodyr a nhw drosta inna. Dyna sy'n ein gwneud ni'n gryf,' ychwanegodd. Edrychais ar y pris. Ni fyddai afal a llefrith heddiw, a gadewais y siop gyda'r cylchgrawn wedi ei gadw'n ofalus dan fy nghôt. Cerddais i'r safle bws ac eistedd yno i'w ddarllen. Ond er mwynhau'r erthyglau, at y llun ar y clawr yr oeddwn yn troi yn gyson. Beth welwn i? Dyn ifanc mewn poen, ond er hynny roedd bron â bod yn gwenu, a'i lygaid yn syllu i'r pellter. Mi wnes i ddechrau casglu pob rhifyn. Yn yr un nesaf roeddent yn canolbwyntio ar gatrawd a wisgai'r *berets* coch chwedlonol, y *paratroopers*. Darllenais sut roedd y rhain yn medru cerdded am ddyddiau dros y Bannau efo'r nesa peth i ddim cwsg gan gario tri deg cilogram ar eu cefnau yn ogystal â reiffl trwm. Byddai'r cylchgrawn yn cynnwys cyfeiriad swyddfeydd recriwtio pob un o'r catrodau yma, ac er bod Paris yn rhy bell i fachgen ysgol, nid oedd rhaid mynd mor bell â hynny i bob canolfan filwrol chwaith.

Roeddwn wedi pasio swyddfa recriwtio'r fyddin yn y dref sawl gwaith o'r blaen ac erioed wedi meddwl amdani. Ond wedi darllen yr ail rifyn, mi es i at y drws a'i wthio ar agor gan gamu dros y rhiniog. Cododd y milwr ei ben o'i lyfr. Sylwais ar y tair streipan ar ei fraich ac roeddwn am ddangos fy ngwybodaeth o'r fyddin iddo.

"Esgusodwch fi, Sarjant, eisiau gwybod ydw i faint o oed sydd rhaid imi fod i ymuno efo'r fyddin." Byddai fy nhad yn wallgof, ond yn barod roeddwn yn gweld fy hun yn cerdded adre yn y *beret* coch, a fiw iddo geisio 'nghosbi i – na Mam – wedyn. Edrychodd y sarjant gyda'i fwstásh cringoch trwchus arna i heb ddweud gair, yn pwyso a mesur yr hyn a welai. Y wisg ysgol yn dwt, bathodyn glas tywyll ac aur llyfrgellydd ysgol ar fy nghôt, esgidiau'n sgleinio a gwallt twt, er gwaethaf ymdrechion Mam gyda siswrn a gwydr llaw.

"Fe gei di ymuno yn un ar bymtheg. Ond heb ganiatâd rhieni, neu warchodwr, mae'n rhaid iti fod yn ddeunaw. Faint sydd gen ti nes dy fod yn ddeunaw?" gofynnodd. A wnaeth o ddim gofyn dim byd arall am fy rhieni, fel petai wedi darllen fy meddwl a gan fy mod yno ar fy mhen mhen fy hun roedd hi'n eithaf amlwg beth oedd y sefyllfa.

"Wyt ti wedi meddwl pa gatrawd o'r fyddin rwyt ti eisiau ymuno â hi?" holodd, gan agor llyfr trwchus gyda sawl bathodyn a baneri catrodau ynddo.

"Y *paratroop regiment*, Sarjant," atebais ar unwaith, wedi fy synnu gan yr hyder yn fy llais. Unwaith eto ni ofynnodd gwestiwn, dim ond troi y tudalennau.

"Wel, os ti'n chwilio am antur, dyma'r gatrawd i ti, a dewis doeth hefyd. Fe gei un deg saith punt ychwanegol y mis ar ben cyflog arferol preifat am dy fod yn neidio o awyrennau gyda pharasiwt. I gydnabod y perygl ychwanegol, a dy ddewrder," meddai heb wenu.

Teimlwn fy mod yn cael fy nhrin fel dyn am y tro cyntaf, er fy mod i mewn gwisg ysgol. Edrychai yn ofalus arnaf.

"Paid poeni, does dim disgwyl i ti neidio bob mis, ond fe gei di dy arian ecstra jest 'run fath. Fe fydd yn rhaid iti fod yn ffit, felly cofia wneud digon o redeg, chwarae rygbi ac ati. A paid â smocio." Oedodd. "Fe gei wneud hen ddigon o hynny ar ôl iti ymuno ac ennill y *beret*!'" meddai dan chwerthin.

"Be ti'n ei wneud yn yr ysgol ar hyn o bryd? Ti am adael pan ti'n un deg chwech?"

"Na, dwi am aros i orffen. Dwi ar ganol tair Lefel A, ella pedair, dibynnu ar y canlyniadau hanner ffordd yn yr haf."

Ni ddywedodd air. Roedd pawb yn dweud fy mod yn edrych yn ifanc am fy oed.

"Os felly dylet ti ystyried ymuno fel swyddog, a mynd i'r coleg hyfforddi yn Sandhurst os ydy dy ganlyniadau yn ddigon da," meddai'r sarjant.

"Na, dwi wedi meddwl am hynny'n barod, a dwi eisiau ymuno fel preifat os gwelwch yn dda. Does dim diddordeb gen i mewn bod yn swyddog."

"Ti wedi meddwl yn ofalus am hyn yn amlwg, felly dwi ddim am bwyso, ond cofia fod y dewis yna gen ti os byddi di fyth yn newid dy feddwl. Mae'r fyddin bob amser yn edrych am ddynion ifanc addawol fel ti."

Dyna fo eto, yn fy ngalw i'n ddyn. Teimlwn yn falch.

Fe adewais gyda llyfryn gwybodaeth a guddiais yng nghanol fy llyfr cemeg. Roeddwn eisoes yn cyfri'r dyddiau tan fy mhen-blwydd yn ddeunaw.

Pennod 7

Mi wnes i ddeffro cyn i'r cloc larwm ganu. Hanner cysgu a wnes i drwy'r nos gan orfod mynd i'r toilet sawl gwaith ar ôl yfed peintiau o ddŵr cyn cysgu. Darllenais fod yr Indiaid Cochion yn arfer gwneud hynny er mwyn codi'n gynnar cyn mynd ar gyrch. Gobeithio nad oedden nhw mor flinedig â fi ar ôl y fath noson.

Gorweddais yn fy ngwely gan ofni deffro fy rhieni. Cymerodd ychydig funudau imi godi a cherdded i lawr y grisiau. Roeddwn wedi mynd i gysgu yn fy nillad er mwyn gwneud cyn lleied o sŵn â phosib. Bron nad oedd y cripian gofalus yn fy atgoffa o foreau Nadolig a finnau'n sleifio i lawr i weld yr anrhegion. Ond sefyllfa hollol wahanol oedd hon heddiw.

Ofnwn weld Mam a Dad gan nad oeddwn yn ddigon cryf i ddweud wrthynt yn eu hwynebau fy mod yn gadael. Roedd fy mag wedi ei guddio yn y garej y prynhawn cynt ac roedd copi o'r allwedd gennyf wedi ei dorri yn barod ers wythnos. Gwyddwn na fyddai troi'n ôl, ac na fyddai maddeuant. Ni fyddai unrhyw beth yr un fath eto, ac roedd drws yn cau ar fy mhlentyndod. Mi sylweddolais fy mod yn cerdded o 'nghartref am y tro olaf ac mi wnes i grio nes bod yn rhaid sychu a chrychu fy llygaid. Roeddwn wedi breuddwydio gyhyd am adael nes bod gadael fy ystafell wedi bod yn anodd.

Brathai oerfel y bore trwy fy nghôt denau a thynnu ar groen fy wyneb. Caeais y drws cyn gwthio'r allwedd drwy'r blwch llythyrau. Yna, agorais ddrws y garej na fyddai fyth yn cael ei gloi. Codais fy mag a oedd wedi ei guddio dan focs y goeden Nadolig blastig a gai ei llusgo allan bob mis Rhagfyr. Credwn fod yr amser anoddaf drosodd. Ond roedd gwaeth i ddod. Cerddais i'r orsaf drenau a dal y trên cyntaf i Gaerdydd, a neb yn holi am docyn yr adeg yna o'r bore.

Er bod gadael cartref yn anodd dyna'r penderfyniad hawsaf mewn ffordd, gan mai dim ond cerdded drwy'r drws oedd angen imi ei wneud. Ond roedd cyrraedd a chychwyn y pen arall yn fyd hollol wahanol. Wrth gofio'n ôl, mae'n anodd credu imi ddewis ymuno â'r Paras.

Wedi dal trên araf y Cymoedd i lawr i'r brifddinas, roedd amser am baned a thost o gaffi'r orsaf cyn imi neidio ar drên gwag o Gaerdydd am naw o'r gloch fore Llun olaf Awst, gan gyrraedd Aldershot erbyn canol pnawn. Methais â bwyta dim arall i frecwast gan fod fy stumog yn corddi. Ni fedrwn feddwl na chanolbwyntio ar ddim drwy gydol y daith, felly syllais drwy'r ffenest gan deimlo'n sâl. Teimlai'r gwydr yn oer ar fy moch a gorffwysais arno, er bod fy mhen yn cael ei daflu'n galed yn ôl a blaen wrth i'r peiriant wichian a hisian ymhob gorsaf. Dwy daith drên arall wedyn a chwe awr o eistedd gyda 'mhen yn pwyso ar y ffenest, a fy sgarff bellach yn glustog.

Roedd gorchudd o niwl dros y wlad i gyd pan gyrhaeddais ben y daith, a phwtyn byr o filwr gyda mwstásh trwchus 'run lliw â'r *beret* coch cam ar ei ben yn cwrdd â ni gyda rhestr yn ei law. Gwelais fod tua hanner dwsin o ddynion ifanc eraill yn edrych yr un mor nerfus â finnau wedi gadael y trên yr un pryd. Fe roddodd y milwr hwnnw farc mewn beiro glas wrth ymyl fy enw cyn fy anfon i eistedd mewn bws mini gwyn ar fainc bren yn y cefn gyda hanner dwsin o fechgyn eraill. Ddywedodd neb 'run gair. Doedd neb yn meiddio, a phawb ar goll yn eu meddyliau ac yn eu hofnau eu hunain.

Daeth rhingyll atom. "Recruits, follow me," meddai'n uchel ond heb weiddi. Roedd pobol gyffredin yn disgwyl ar y platfform hefyd. Ar y giât wrth gerdded i mewn i'r ganolfan filwrol roedd arwydd ac wedi ei baentio arno mewn llythrennau yn nheip The Times, *Utrinque Paratus*. Diolch i fy ngwersi Lladin mi fedrais ei gyfieithu: 'Barod am unrhyw beth.' Dysgais yn fuan mai dyma oedd arwyddair y Paras.

Rown i wedi dechrau dweud celwyddau cyn i fi gyrraedd y *depot*. Dyna wnes i yn y swyddfa recriwtio wrth arwyddo'r papurau ar fy ail ymweliad cyn i'r swyddog bach tew addo gwneud dyn ohona i. Roedd gen i dair Lefel A bellach ac fe allwn i fod wedi ymuno fel swyddog, ond rown i am fod yn un o'r criw. Ar ôl plentyndod o fod yn wahanol roeddwn i am fod yn wyneb arall yn y dorf. Felly pedwar CSE ac un Lefel O mewn Daearyddiaeth oedd gen i yn swyddogol ar fy nghofnod wrth ymuno.

Arogl polish oedd ym mhobman yng nghanolfan hyfforddi'r gatrawd, yr hyn maen nhw'n ei alw yn y fyddin yn Depot Para, Aldershot. Daw teimlad o falchder wrth ddweud yr enw, a hyd yn oed i rywun fel fi oedd ar fin cychwyn hyfforddi, ro'n i'n gwybod mai dim ond y cryfaf a'r gwytnaf oedd yn goroesi yn y lle yma ac yn gadael gyda'r *beret* coch. Yr union le i golli fy hun a chladdu ambell atgof. Hwn fyddai fy nghartre i am chwe mis wedi imi adael tŷ fy rhieni, ac roedd yn lle llwm, oer a chaled. Ond roedd yno gwmni da, roedden ni i gyd yn fodlon helpu ein gilydd. Bellach, allwn i fyth feddwl am eu cartre nhw fel *adra*. Gormod o atgofion drwg, mae'n siŵr. Byddai arogl polish cyn imi fynd i Aldershot yn fy atgoffa i o ddau beth – un ai o eistedd yn y capel yn ceisio peidio â chysgu, neu o brynhawniau Sul prysur a Mam yn rhuthro o gwmpas yr ystafelloedd, ar ôl bod yn yr archfarchnad, yn glanhau cyn i'r cyfarfod pnawn gychwyn. Potel fawr o 'Pledge' ddefnyddiai hi, cyn mynd ati i dorri brechdanau cyw iâr ar gyfer te tra oedd 'Nhad yn ailysgrifennu ei bregeth. Wnes i ddim hiraethu am y dyddiau yna.

Ond yn Aldershot roedd y polish yn golygu boreau cynnar ac oer ar fy mhengliniau yn glanhau pob peipen, silff a handlen drws. Ni feiddiai neb anghofio yr un gornel na'r un fodfedd o wydr rhag i lygaid craff a menyg claerwyn y staff eu dal. Dwi'n siŵr fod y diawlad weithiau yn cario llwch yn eu pocedi achos wnaethon nhw erioed fethu canfod rhywbeth, er gwaetha'r ffaith inni sgwrio nes bod ein dwylo'n gignoeth. Wnes i erioed feddwl wrth ymuno â'r fyddin y byddwn i'n cael fy hyfforddi fel glanhäwr! Roedd y gwaith caled corfforol undonog yn help i fygu'r teimladau cymysg oedd gen i am adael.

"At the moment you all stick out like a right shower of bulldogs' bollocks, but we'll have you moving and thinking as one man pretty soon," meddai'r Rhingyll wrth ein croesawu. "And from now on, for the period of your training, you're just a number. Don't ever forget it, or you're out."

Ystafell foel gyda'r paent gwyrdd yn disgyn oddi ar y waliau a'r gwresogydd yn y gornel wedi rhoi'r ffidil yn y to flynyddoedd yn ôl oedd fy nghartref i a thri bachgen arall – Sgotyn o'r enw Tom Bruce, Michael 'Meic' Parry o Aberdâr, a Danny Jones, mab fferm o Ddyffryn Conwy. Byddai'n rhaid i ni gadw'r stafell fach yma fel pìn mewn papur a dysgu plygu blancedi a phethau tebyg yn y ffordd gywir. Dyma athroniaeth y Paras. Yno y dysgon ni sut i smwddio am y tro cyntaf. Roeddwn wedi bod yn rhegi mewn ofn wrth geisio dad-bacio yn gyflym.

"Shwmai, fi yw Meic," meddai'r recriwt a safai wrth fy ochr. "Dwi'n dod o ardal Aberdâr, fi'n falch i weld Cymro arall – er yn rhyw gymysgfa od o Gog a Hwntw, dwi'n meddwl. Fel finne."

Syllais arno a gwenu wrth sylweddoli ei fod wedi siarad yn Gymraeg.

"Sut ti'n gwybod fy mod i'n deall Cymraeg?" gofynnais, gan obeithio nad un o drigolion y pentref oedd o a finna heb ei adnabod. Gwenodd.

"Dyw hynny ddim yn anodd. Mae gen ti fathodyn yr Urdd ar ochr dy fag, felly mae'n reit amlwg a dweud y gwir!" Er nad oedd o fawr talach na fawr hŷn na fi roedd yna ryw wydnwch yn ei wyneb. Roedd ei groen yn dynnach a chaletach a gwelwn y cyhyrau main ar gefn ei freichiau. Gwisgai grys-t oedd wedi breuo a jîns oedd hefyd wedi gweld dyddiau gwell. Ond roedd yn edrych yn ddigon cartrefol yn yr ystafell, ac roedd ei wên yn gyfeillgar. Roedd ei fam yn dod o'r gogledd a bu'n byw yno am gyfnod. Daethom yn ffrindiau pennaf mewn dim.

"Stephen," atebais, "a na, dwi ddim yn dod o'r de er 'mod i'n byw yno ers blynyddoedd," ychwanegais, gan obeithio tynnu'r gwynt o'i hwyliau. Roedd Dan yn siarad Cymraeg yn rhugl, tra roedd Tom y Sgotyn yn rhegi gymaint roedd hi'n anodd deall ym mha iaith y siaradai.

"Sut dwi wedi cael fy nal yn yr un ystafell gan dri Cymro yn siarad iaith dwi ddim yn ei deall," meddai gan ysgwyd ei ben. "O leia mi fydd ganddoch chi rywun i'ch tynnu drwy'r cyfnod hyfforddi yma."

Er ei fod yn dynnwr coes heb ei ail, roedd yntau fel pawb arall yn ofnus tu hwnt. Ond roeddwn yn falch o leiaf bod criw yr ystafell mor gyfeillgar ac mor barod i helpu a chyd-dynnu. Roedd y fyddin wedi dechrau ein tynnu ni at ein gilydd o fewn yr oriau cyntaf.

Yn sydyn iawn roedden ni i gyd yn edrych yn debyg iawn i'n gilydd ar ôl i'n gwallt gael ei eillio i'r gwraidd a ninnau wedi ein gorfodi i wisgo trowsus stiff a siwmperi gwyrdd tywyll trwchus. Tra oedden ni'n cael ein mesur am ein dillad fe roddwyd y *beret* coch enwog am ein pennau, ond dim ond am funud. Roedd yn fy atgoffa o'r gystadleuaeth boblogaidd *Bullseye* ar y teledu gyda Jim Bowen – "Here's what you could have won, son." Roedd yn rhaid ennill yr hawl i'w wisgo. Byddai'n bedair wythnos cyn i ni gael caniatâd i wneud hynny, a chwe mis arall cyn y caem ni wybod ein bod yn haeddu ei wisgo go iawn, gyda'r eryr arian ar yr ochr. A heb yr eryr doedd y cap yn werth dim byd.

Ar yr ail fore roedden ni i gyd ar y sgwâr tarmac yn rhynnu yn oerfel y bore bach yn ein crysau-t coch, sgidiau trwm a throwsus hir gwyrdd. Rhedeg wedyn am ddwy filltir. A rhedeg yn gyflym am ddwy filltir yn y dillad trwm nes bod pawb yn chwysu yn syth bìn ac yn teimlo'n boeth nes ein bod yn ysu am grafu'r croen. A dyna fyddai'r patrwm wedyn am y chwe mis nesaf, gyda'r pellter rhedeg yn ymestyn bob wythnos. Roedd y diawlad yn gwneud inni weithio'n galed, ond roedd y criw yn uno ac yn dod yn agosach, gan fod pawb yn yr un cwch.

Mae fy atgofion i am y cyfnod ymarfer yn gymysgedd o foreau cynnar yn glanhau toiledau a choridorau llychlyd, a gorfod agor ffenestri ddwy fodfedd beth bynnag fo'r tywydd. Dim mwy na dwy fodfedd. Dim llai. Pob botwm, bwcwl ac esgid ddu yn sgleinio fel gwydr a fy rasal hen ffasiwn wedi ei datgymalu i brofi fod y llafn yn lân. Wrth lwc, doedd dim rhaid imi eillio bob bore eto.

Gallaf gofio Bannau Brycheiniog yn dda. Y dyddiau diddiwedd o law a niwl rhynllyd a dynnai ddagrau o'n llygaid wrth inni llusgo rycsac Bergen drom i fyny ac i lawr Pen y Fan a chopaon di-ri eraill. Baglu fy ffordd drwy nentydd rhynllyd a 'nghoesau i'n teimlo fel plwm. Wrth lwc roedd fy nghoesau hir a 'nghorff tenau yn fantais fawr ar yr achlysuron yma. Yna, ar ôl cyrraedd y copaon, gorfod crafu twll lloches i gysgodi ynddo dros nos. Roedd hi bron yn amhosib tyllu gan fod y ddaear wedi rhewi'n gorn yng nghanol mis Hydref.

Ond er mor galed oedd hi rown i'n teimlo'n gartrefol. Am y tro cyntaf roeddwn i mewn criw, pawb yn fy nerbyn i am pwy oeddwn i, a phawb wedi cychwyn o'r un lle. Hyd yn oed pan gawson ni fore o ddyrnu'n gilydd yn racs, roedd pawb yn ffrindiau wedyn.

A chredwch chi fi, honno oedd munud hiraf fy mywyd. Dim ond i'r hyfforddwr amau am eiliad fod rhywun yn dal yn ôl, mi fyddai'n rhaid ymladd eto. Os câi rhywun gweir, rhaid oedd bocsio eto. Yn fuan iawn roedd rhaid dysgu derbyn poen heb wingo wrth roi lot o boen i berson arall ar yr un pryd.

Tasg greulon arall oedd hon; 'milling' oedd enw'r traddodiad lle roedd rhaid i bawb yn eu tro fynd i sgwâr bocsio gyda milwr arall ac ymladd heb drugaredd am funud gyfan. Nid oedd neb yn cael amddiffyn na bocsio yn y dull arferol, dim ond dyrnu heb stop gan wisgo menyg trwm hyd nes bod gwaed ym mhobman.

Roedd y prawf olaf cyn y bocsio yn frawychus. Rhedeg ar hyd darn o bren cul tua deg troedfedd ar hugain o'r llawr cyn taflu eich hunan dros yr ochr gan obeithio cyrraedd y rhwyd oedd bymtheg troedfedd arall i ffwrdd. 'Naid mewn ffydd' go iawn. Mi fethodd dwsin o'r hogiau gyflawni'r cymal olaf yma.

Un o fy hoff atgofion o'r cyfnod yna oedd archwiliad arbennig gan y Frenhines. Mi ddaeth hyn ar ddiwedd ein cyfnod hyfforddi. Roedd pob aelod o'r Paras, gan gynnwys aelodau rhan-amser y Territorials (yr SAS roedden ni'n eu galw nhw, sef hogiau'r *Saturdays and Sundays*), yno yn sefyll yn gefnsyth.

Fe ddechreuodd hi fwrw glaw, ac roedd yr RSM yn dal ymbarél uwch ei phen. Dyma uchafbwynt ei yrfa gyfan yn y fyddin, wrth iddo arwain ei frenhines o amgylch ei filwyr o.

Ond wrth iddi nesáu, sylwais fod swigod glas yn codi oddi ar fy sgidiau. Ar gyngor y Corporal oedd yn ein hyfforddi, defnyddiais bolish glanhau toilet i roi sglein arbennig ar y lledr, ac roedd rŵan yn hisian fel dŵr mewn padell ffrio boeth. Ond wrth lwc i mi – ond nid i'r swyddogion a oedd yn prysur gochi – roedd pawb arall o'r tri bataliwn wedi defnyddio'r un polish, ac roedd esgidiau chwe chant o filwyr yn byblo'n braf.

Daliodd pawb ati fel petai dim o'i le, rhyw stori debyg i ddillad newydd yr ymerawdwr, mae'n siŵr, ond wnaeth y bwystfil o RSM fyth ddod ato'i hun ar ôl hynna. Roedden ni'n ei gasáu. Wedi derbyn ein *berets* coch, fe gawson ni ein hordors i fynd allan i feddwi. Roedd y pedwar ohonon ni o'r un ystafell am ymuno â Bataliwn 2 Para. A drennydd, roedden ni'n gadael am Ogledd Iwerddon.

Pennod 8

Y bore wedi'r *passing out parade* a phawb yn gwisgo'r *beret* coch am y tro cyntaf fel Paras – mi gysgodd rhai ynddo drwy'r nos – roedd pawb yn cael eu hanfon i'w bataliwn ac yn cael gwybod ymhle y byddent yn treulio'r misoedd cyntaf.

"Tyrd yn dy flaen, cwyd, y pwdryn," meddai Meic, "fe fydd y *postings* fyny erbyn hyn."

Ysgydwodd ei ben yn araf gan wenu. Roedd wedi molchi a gwisgo yn barod. Ni fyddai fyth yn dioddef ar ôl noson ar y cwrw, waeth pa mor drwm na pha mor hwyr oedd hi. A noson ennill y *beret* coch oedd y noson fwyaf meddw yn fy mywyd, ac ym mywydau pawb arall, dwi'n meddwl. Deffroais gyda sosban wrth ochr y gwely yn llawn chwd, a chleisiau byw ar fy mhengliniau a gwaed sych ar fy ngên. Doedd gen i ddim syniad o gwbwl beth ddigwyddodd, dim ond rhyw frith gof o ddisgyn i lawr grisiau a chwerthin ar ôl cyrraedd y gwaelod. Roedd fy ngheg yn sych a chythral o gur pen gen i yn brifo fy llygaid.

"Diolch byth nad oes unrhyw barêd heddiw," meddwn wrth eillio, molchi a gwisgo mor gyflym â phosib gyda 'mhen yn nofio. Roedd Meic ar bigau drain ond chwara teg, mi arhosodd amdana i.

"Wel, rydyn ni wedi bod gyda'n gilydd drwy bob dim, fe arhosa i gyda ti am yr un tro yma eto. Mae'n siŵr y cawn ni'n hanfon i gatrodau gwahanol," meddai gan godi ei ysgwyddau.

Nid oedd yn edrych fel pe bai'n malio yr un botwm corn, ond roedd ots gen i. Fo oedd y ffrind cyntaf imi ei wneud yn y Paras, ac wrth i'n cyrff galedu dros gyfnod y *basic training*, ac wrth i'r deuddeg milwr glosio nes ein bod yn symud fel un, tyfu wnaeth ein cyfeillgarwch ninnau. Roeddwn yn amau fy mod yn wannach na'r gweddill, neu ddim mor wydn o bosib, oherwydd nid oedd yr oerfel na'r diffyg bwyd a chwsg i'w gweld yn cael cymaint o effaith arnyn nhw. Chwerthin fyddai Meic wrth wrando ar fy nghwyno.

"Dim rhyfedd dy fod yn cwyno, dwi wedi hen arfer â'r oerfel. Dwi wedi bod yn cysgu gyda'r ffenest yn agored drwy'r amser ers blynyddoedd. A honno ar agor yn y gaeaf, cofia."

Ni wyddwn pryd yr oedd Meic yn tynnu coes, ond gwyddwn am y caledi a wynebodd ei deulu, er na wnaeth erioed gwyno wrth ddisgrifio ei fagwraeth. Fo oedd yr unig un yn y fyddin a wyddai fy nghyfrinach am fy nghefndir i.

"Pam wnest ti ymuno efo'r Paras?" gofynnais ar ail fore yr wythnos gyntaf pan oedd pawb yn grwgnach am orfod codi ganol nos. Ond nid Meic.

"Dim llawer o ddewis a dweud y gwir. 'Dyw Dad heb weithio ers blynyddoedd. Fe gafodd e anaf cas dan ddaear a dyw e byth wedi bod yr un fath wedyn. Felly fe fues i'n gweithio bob cyfle. Mewn siop, gwneud rownd bapur, golchi ceir. Unrhyw beth a dweud gwir." Poerodd i'r sinc cyn syllu ar ei wyneb yn y gwydr i wneud yn siŵr ei fod wedi eillio'n lân.

"Fe golles i lot o ysgol, gadel y cyfle cynta ges i – rown i'n casáu'r athrawon – a trio cael hyd i waith. Ond doeddwn i ddim am fynd dan ddaear. Taset ti'n gweld beth oedd Tad-cu yn ei dagu fyny weithie, a 'Nhad hefyd." Cododd y *beret* du o'r gwely â'r blancedi wedi'u tynnu'n dynn o dan y fatres. Ni fyddem yn cael cyffwrdd â *beret* coch nes i ni gwblhau'r tri mis o ymarfer.

"Roedd milwyr wedi bod yn yr ysgol yn recriwtio. Ychydig fisoedd wedyn fe welais i ddau filwr ar y stryd ym Merthyr yn recriwtio un bore. Fe ofynnais i faint oedden nhw'n cael eu talu bob mis, ac es i draw i swyddfa'r fyddin ac arwyddo yn y fan a'r lle am ddeunaw mlynedd." Gwenodd eto. "A dewis y

Paras gan fod arian ychwanegol i'w gael am neidio o awyren. Well gen i hynny na chael fy nghladdu yn fyw dan ddaear."

Cyfaddefais imi aros yn yr ysgol i wneud Lefel A a chael tair o'r rheiny ychydig wythnosau ynghynt.

"Be ddiawl ti'n neud yma, felly?" meddai Meic. "Fe fyddet ti wedi gallu mynd yn offisar!"

"Dim diolch, a dwi ddim am i neb wybod am yr ysgol chwaith, 'na pam wnes i ymuno." Llyncais, ac roeddwn bron â chrio, oedd yn beth hurt o gofio fy mod ar ganol ymarfer i ymuno ag un o gatrodau *elite* y fyddin.

"Ma 'Nhad yn bregethwr ac mi ymunais i er mwyn dangos iddo fo 'mod i'n gallu gwneud fy mhenderfyniada fy hun." Wnes i ddim dweud fy mod am ei frifo a'i wneud yn destun sbort hefyd, ond roedd Meic i'w weld yn deall achos wnaeth o ddim gofyn yr un cwestiwn arall am hynny. A ddywedodd o'r un gair wrth neb arall.

Pan gyrhaeddon ni'r wal tu allan i swyddfa'r Cyrnol, lle roedd enwau pawb ar ddarn o bapur, roedd pawb wedi bod yno ac wedi mynd – i ffonio adre neu i ddathlu. Pwysais fy mys ar y rhestr gan ddilyn yr enwau.

"Ashton, Michael, Tw Para, Belffast," meddwn. Y lle peryclaf un i gychwyn ar ein gyrfa gyda'r fyddin.

"Paid poeni," meddai Meic yn wên i gyd, "rwyt ti'n dod gyda fi fel 'mod i'n gallu cadw llygad arnat ti!"

Roedd cael eu hanfon i Ogledd Iwerddon i'r gwirionaf fel petaent wedi ennill Cwpan yr FA. Nid misoedd o chwarae milwyr ar fynyddoedd gwlyb yn saethu hen geir â darnau o bren, ond cyfle i fynd allan i saethu at bobol go iawn. A hwythau yn saethu'n ôl. Dyna oedd hanner yr hwyl iddyn nhw. I'r rhan fwyaf ohonom, a oedd yn deall y gallem farw, twll o le oedd Belffast, lle roedd yn rhaid byw mewn hen farics tamp, a dwsin o ddynion wedi eu stwffio i mewn i un ystafell. Roedd rhaid cerdded y strydoedd yn disgwyl clec bwled amrantiad cyn iddi daro, neu ffrwydriad bom. Ond fel arfer, enwau budr ac ambell i garreg oedd y perygl mwyaf, a chasineb yn llygaid nifer wrth i ni gerdded heibio iddynt. Er nad oeddem yn gwisgo'r *beret* coch, roeddent yn ddigon craff i weld ac adnabod y bathodyn adenydd glas ar ein hysgwyddau, gan wybod i ba gatrawd yr oeddem yn perthyn. Roedd hen hanes gan y gatrawd hon yn y rhan yma o'r byd, a gwyddai pawb hynny.

Y tro cyntaf i fi glywed am yr IRA a Gogledd Iwerddon oedd pan gafodd Lord Mountbatten ei chwythu'n racs gan fom. Yna, cafwyd bomio Warrenpoint pan laddwyd criw o Paras gan yr IRA. Roeddwn yno ar wyliau efo Nain a Taid mewn carafán fechan ar lan llyn, a dyna'r cwbwl oedd ar y bwletinau radio. Byddai Taid yn gwrando ar y bwletin bob awr i gael clywed y rhagolygon tywydd diweddaraf. Pysgota plu oedd ei gariad pennaf a gweddïai am law beth bynnag fyddai'r tymor a ble bynnag yr oedd. Cofiwn hefyd weld y lluniau ar dudalen flaen y papurau newydd, ac un milwr a'i wyneb yn waed a huddyg i gyd yn syllu allan o'r papur a thrwydda i, gan fwrw ei olygon i'r pellter. Mi fedrwn weld ei wyneb am flynyddoedd wedyn, ac roedd yr is-stori am hanes gwaedlyd ond arwrol y gatrawd wedi ennyn fy niddordeb bryd hynny.

Dial o ryw fath oedd Warrenpoint, mae'n debyg, am beth ddigwyddodd adeg cyflafan Bloody Sunday pan saethwyd tri ar ddeg o bobol yn farw gan y Paras. Doedd neb eisiau'n gweld ni yno. Ac nid oedd yr un ohonon ni am fod yno chwaith.

Roedd yn lle peryglus a diflas am yn ail i filwyr fel ni. Un ai roedden ni allan ar batrôl lle roedd pob cysgod yn llawn bygythiad, neu roedd rhaid inni eistedd ar ein gwlâu yn lladd amser. Fydden ni ddim yn mentro allan am dro heb sôn am yfed tu allan i ddiogelwch y barics. Dwi'n dal ddim yn siŵr beth oedd waethaf gen i.

"'Ymunwch â'r fyddin i weld y byd – cyfle i deithio i wledydd tramor a gwireddu breuddwydion wrth ddysgu crefftau lu...' Dyna ddywedodd y jocar o swyddog recriwtio wrthon ni yn yr ysgol un bore dydd Llun." Meic oedd yn siarad, gyda'i acen Aberdâr drwchus yn lliwio'i sgwrs. Roedden ni'r Cymry wedi meddiannu un rhes o fyncs ym mhen pella'r barics.

"Os wela i fe 'to, fe gaiff e gythrel o gweir, dwi'n addo ichi, bois. Gweld y byd? Fe wela i fwy ar drip rygbi nag ar y jobyn hyn! Ond dyna ni, doedd fawr o ddewis yn ein hysgol ni, heblaw am y pwll. Weles i be wnaeth y lle 'na i fy nhad-cu a 'nes i addo iddo fe na fyddwn i byth yn mynd lawr yno i witho. Ond dyma fi nawr yn y twll mwya rioed. Fuodd e draw yn dy ysgol di, Dan?"

Tra oedd Dan yn dweud wrthon ni pam y bu iddo ymuno, gorweddais yn llonydd gan wneud yn siŵr nad oeddwn yn tynnu sylw neb. Nid oeddwn am gyfaddef yn gyhoeddus mai ymuno o wirfodd wnes i a mynd i chwilio am y swyddfa recriwtio ar ôl gweld erthygl mewn cylchgrawn yn coffáu deugain mlynedd ers i'r Almaenwyr gipio Creta yn yr Ail Ryfel Byd. Rhywsut roedd y criw yn gwybod bod fy nhad wedi darlithio yn y brifysgol, ac roedd hynny'n destun tynnu coes. Petaen nhw'n gwybod mai fel gweinidog roedd o'n gweithio yn y brifysgol, byddai fy mywyd yn uffern.

Nid oeddwn am gyfaddef fy mod i wedi ymuno i wylltio a siomi fy nhad. Roeddwn i wedi ceisio egluro 'mod i yno i geisio rhoi rhywbeth yn ôl i fy ngwlad, ond wnaeth neb fy nghoelio na deall chwaith.

"Smo ti'n gall. Siŵr bo' chi'n graig o arian," meddai Craig, bachgen o Bontardawe, athletwr naturiol a'r mwyaf ffit ohonom i gyd. "Gallet ti fod wedi mynd i'r coleg, y clown. Rhaid i ti gael arian i ddechre meddwl fel 'na, 'rhoi rhywbeth 'nôl i dy wlad'. Doedd dim dewis 'da fi."

"Na fi," meddai Dan. "Mae bron pawb dwi'n adnabod o fy hen ddosbarth i allan o waith. Mae tlodi mawr ym mhobman. Rhaid i chi hoelio popeth i'r llawr neu byddan nhw wedi diflannu erbyn y bore wedyn."

Penderfynodd Meic roi ei big i mewn i'r sgwrs.

"Falle bod eich cwm chi yn lle gwael, ond alle fe ddim bod mor ddrwg â'n hardal ni. Roedd cymaint o ddwyn oddi ar y stad dai newydd ym Merthyr fel iddyn nhw adael dau gi Alsatian yno i warchod y lle. Ar ôl dwy noson roedd y diawled wedi dwyn y ddau gi hefyd!" Roedd Meic yn gallu gwneud i bawb chwerthin yn eu dyblau, ond wnes i ddim dweud gair arall, gan esgus fy mod yng nghanol pacio fy mag ar gyfer mynd allan ar batrôl arall – mewn landrofers, diolch byth.

Bob ychydig ddyddiau byddai'n rhaid chwarae gêm. Byddai pedwar ohonom yn eistedd yng nghefn landrofer heb do, yn gwisgo ein *berets* coch trawiadol. Y syniad oedd ceisio hudo rhywun i ymosod arnoch chi tra oedd gweddill y criw yn cuddio mewn cerbydau gerllaw yn barod i daro unrhyw un a feiddiai godi ei ben.

Dros faril reiffl y gwelais i Belffast. Mae'n siŵr ei bod yn ddinas hardd ar un adeg, ond pobol yn brysio'n ofnus o le i le welais i; siopau wedi cau a bomiau yn ffrwydro gefn nos. Roedd graffiti o blaid un garfan wallgof neu'i gilydd ym mhobman yn coffáu merthyron fel Bobby Sands.

Llwyd oedd lliw y ddinas, yn enwedig pan fydden ni'n mynd ar batrôl. Welais i neb yn gwenu yn unman ac roedd pawb yn edrych dros eu hysgwyddau'n barhaus. Byddai fy nhraed fel blociau o rew o fewn munudau a 'mhengliniau'n gwichian wrth imi orfod aros a mynd i 'nghwrcwd. Roedd arogl llaith ar y lle a mwg ffatrïoedd yn gorchuddio popeth.

Doedd neb yn hapus iawn yn eistedd yng nghefn y cerbyd, ond tydi hynny ddim yn esgus am beth ddigwyddodd un pnawn chwaith. Yn eistedd gyda ni roedd dyn arall; roedd lifrai milwr amdano ond roedd yn hŷn na ni o dipyn. Roedden ni'n amau ei fod yn aelod o *intelligence* y fyddin, adran rymus a oedd yn gyfrifol am lofruddio, herwgipio ac arteithio. Gwisgai gap du heb unrhyw fathodyn arno.

Roedden ni newydd adael canol y ddinas a hithau'n tywyllu tua saith o'r gloch, pan ddechreuodd dyn meddw ar ochr y ffordd weiddi arnon ni. Taflodd botel lefrith wag gan daro'r olwyn flaen. Cododd y milwr yn y cap du o'i gwrcwd a tharo top y caban yn arwydd i'r gyrrwr arafu. Rhoddodd gipolwg o'i amgylch, a thynnodd ddryll llaw o'i boced gan ei daflu at y dyn. Edrychodd hwnnw'n hurt am eiliad cyn i'r cap du godi reiffl a'i saethu drwy ei ben mewn un symudiad cyflym.

Rhoddodd slap arall ar ben y caban gan weiddi heb dynnu ei lygaid oddi ar y corff, a dal y reiffl o'i flaen gyda'r llaw arall.

"Gyrra, gyrra nawr! Paid aros am neb, jest gyrra'n syth 'nôl i'r barics."

Unwaith roedden ni wedi troi'r gornel eisteddodd yn ôl ac edrych o'i gwmpas yn hamddenol.

"Un yn llai. Ac os oes unrhyw un yn gofyn cwestiwn, a wnân nhw ddim, roedd o'n arfog. A gyda 'chydig o lwc mi fydd y bai'n cael ei roi ar ryw grŵp o nytars, a bydd ffrindia hwnnw yn dial drwy ladd un arall." Sylwodd fod pawb yn syllu arno.

"Ar eich taith gynta? Wel, peidiwch ag eistedd fel ffyliaid! Cadwch eich llygaid ar y strydoedd am unrhyw beth amheus. Rydach chi wedi dysgu eich gwers gyntaf yn Belffast."

Rwy'n cofio gweld yr olwg hurt ar wyneb y dyn a laddwyd wrth edrych ar y dryll yn glanio wrth ei draed, ac fe safodd am eiliad cyn disgyn fel sach o datws i'r llawr. Bu'n rhaid galw milwyr eraill a'r heddlu gan mai nhw yn swyddogol fuasai'n ymchwilio i'r saethu. Ond doedd ganddon ni ddim syniad beth oedd enw'r milwr yn y cap du a ddiflannodd ar ddiwedd y patrôl.

Roedd y criw yn disgwyl wrth i ni gerdded i mewn i'r barics yn dal i feddwl am y dyn ifanc a saethwyd ar y stryd fel ci. Rown i wedi gweld dyn yn cael ei ladd, ond roedd gwaeth yn fy nisgwyl.

"Wyt ti wedi clywed y newyddion? Rydyn ni'n cael ein tynnu allan peth cynta bore fory ac yn mynd yn ôl i Aldershot ar yr awyrennau Hercules," meddai Meic.

"Grêt, dyna'r newyddion gora ers gadael y lle," atebais. "Alla i ddim disgwyl i fynd o'r blydi lle 'ma a chael bach o fywyd normal eto."

"Bywyd normal?" meddai Meic gan edrych yn hurt arna i. Nid oedd wedi gweld y dyn yn cael ei lofruddio ar y stryd. "Ti heb glywed, naddo? Mae Argentina wedi ymosod ar Ynysoedd y Falklands. Ma'r Marines wedi eu cymryd yn garcharorion a nawr mae sôn ein bod ni'n mynd yno i'w taflu nhw allan."

Llusgodd fi draw i'r ystafell gyffredin lle roedd criw o'r hogiau yn sefyll a rhai yn y rhes flaen ar eu cwrcwd o gylch y teledu sgwâr. Gwelais luniau o le a edrychai'n debyg i Drawsfynydd, a rhes hir o Marines yn eu capiau *beret* gwyrdd yn cerdded gan ddal eu gynnau uwch eu pennau. Roeddent wedi ildio. Yna, lluniau o danciau yn gyrru ar hyd strydoedd llydan gydag adeiladau hen ffasiwn yr olwg wedi eu paentio'n wyn a gwyrdd. Roedd yr olygfa nesaf yn wahanol iawn. Sgwâr yng nghanol Buenos Aires gyda degau o filoedd o bobol yno yn chwifio baneri ac yn dathlu oherwydd iddynt feddiannu'r Falklands, neu'r Malvinas fel yr oedden nhw yn eu galw. Dyna ddywedai llais y gohebydd newyddion. Taflwyd y drws ar agor gan un o'r sarjants a oedd yn gweithio yn swyddfa'r CO.

"Pawb i bacio, dan ni ar *six hour warning* i adael am

Aldershot. Mi fyddwch yn falch iawn o glywed hyn."
Edrychodd o'i gwmpas ac roedd ei ysgwyddau yn ôl a'i frest
wedi ei gwthio allan. Dwi'n siŵr ei fod yn mwynhau'r sylw
a hefyd ddrama yr hyn roedd ar fin ei rannu. Nid oedd smic
i'w glywed, ac roedd y milwr agosaf at y set deledu wedi
diffodd y sain.

"Rydan ni yn 2 Para am fod yn rhan o Operation
Corporate. Paciwch ddau fag, un efo'ch *kit* i fynd efo chi a'r
llall yn fag o stwff personol. Mi gaiff hwnnw ei anfon 'mlaen i
chi ar ôl yr *operation*. Pryd bynnag fydd hynny," meddai, gan
godi ei law i atal unrhyw gwestiwn. "Dwi ddim yn gwybod
mwy na hynny, ond o'r newyddion, mae'n edrych yn debyg
ein bod ar *standby* i fynd i'r Falklands. Lle bynnag ma'r
rheiny. Paras, rydan ni angan bod yn barod i fynd i ryfel efo
Argentina."

Edrychais i arno. Roedd yn hen ddyn i ni, wedi bod yn y
fyddin ers ugain mlynedd a nawr, o'r diwedd, roedd am gael
ei gyfle. Dim rhyfedd ei fod bron yn gwenu.

"Lle ddiawl ma'r Falklands?" gofynnais ar ôl i'r sarjant
adael, ond heb edrych ar neb. Wnaeth neb droi i ateb gan fod
pawb wedi bod yn holi'r un cwestiwn ers gweld y newyddion.

"Swnio fel ynys off Scotland," cynigiodd Dan.

"Scotland! Sgen i ddim syniad, ond mae'n bellach i ffwrdd
na Scotland, fe wna i fetio cyflog mis," meddai Meic.

"Ond o leia fe fydd hwn yn rhyfel go iawn, ac fe gawn
ni saethu yn ôl at y diawled hefyd. Er, chymerodd hi ddim
lot i'r Marines yna roi'r ffidil yn y to, naddo?" meddai gyda
gwên. Roedd cystadleuaeth frwd rhwng y ddau lu a'r ddau
yn brwydro'n aml am yr hawl i ddisgrifio eu hunain fel y
gatrawd galetaf yn y fyddin.

"Dim ond wyth deg ohonyn nhw oedd yna, cofiwch, ac
mae tua thair mil o'r Arjis wedi glanio'n barod. Bydd miloedd
o rai eraill yn siŵr o ymuno gyda nhw. Byddan nhw wedi

cael wythnosau i baratoi hefyd, ac i drefnu sut i amddiffyn y lle. Fydd hyn ddim yn hawdd, fechgyn, peidiwch â chael eich twyllo."

Trodd Corporal o Newcastle oedd ar ei bumed daith yng Ngogledd Iwerddon at Meic a finnau gan rwbio ei law dros ei wallt cwta.

"Dim jôc ffŵl Ebrill hwyr ydy hyn, naci?" meddai gan swnio'n obeithiol. "Yr ail o Ebrill ydy heddiw, ynde? Ydach chi'n siŵr nad oes rhywun wedi gwneud camgymeriad?"

"Fyddai'r hen sarjant yna'n methu actio i arbed ei fywyd. Na, mae hyn wedi digwydd go iawn ac mae'n well inni fod yn barod," meddai Meic.

Gyda hynny, cododd a cherdded allan o'r ystafell gan anelu'n syth am y ffôn agosaf yn yr ystafell drws nesaf. Dyna lle roedd hanner dwsin yn sefyll yn barod yn disgwyl i ffonio adref i rannu'r newyddion. Gwenu wnaeth Meic a phlygu ei freichiau a'u symud i fyny ac i lawr, ond wnaeth o ddim meiddio gwneud sŵn fel cyw iâr chwaith. Agorodd y cwpwrdd bach ger troed ei wely a dechrau rhannu ei ddillad a'i eiddo yn ddau bentwr ar y gwely. Roedd pawb arall wrthi yr un fath, yn canolbwyntio ar y gwaith wrth law heb gael cyfle i ystyried beth oedd yn digwydd. Doedd neb yn deall yn iawn ein bod ni'n mynd o'r badell ffrio i'r tân, os oedd hynny'n bosib ar ôl hunllef Belffast.

Pennod 9

Dwi ddim yn meddwl bod Southampton wedi gweld y fath olygfa er amser Elisabeth y Cyntaf neu'r Ail Ryfel Byd nac yn debyg o'i gweld fyth eto chwaith. Miloedd o filwyr a llongwyr yn cael eu dadlwytho, ac yn martsio drwy'r strydoedd i'r llongau fferi tra oedd cefnogwyr a theuluoedd yn chwifio dwylo ac yn wylo am yn ail.

Roedd y rycsac Bergen werdd yn llawn dop o ddillad ar ein cefnau, y *berets* coch yn dwt ar bennau pawb, reiffl yn un llaw a bag yn y llall. Mi fachais hen siwtces llwyd o'r stordy, un efo corneli metel. Roedd y clo yn medru agor heb rybudd, felly mi wnes i rwymo fy sgarff o'i amgylch i'w gadw ar gau.

"Iesu, edrycha, doedd dim angen i ni ddod â chwrw efo ni wedi'r cwbwl!" meddai Meic gan aros a phwyntio. Gwelwn res hir o longwyr yn ymestyn o lorri ar ochr y cei, i fyny ysgol bren lydan ac i mewn i ddrws yn ochr y llong. Roeddent yn pasio bocsys cardfwrdd gwyn o un i'r llall, a'r enw Double Diamond Export Ale ar bob un.

"O'r diwedd, mae rhywun yn rhywle wedi gwneud ei waith yn iawn," meddai Meic dan chwerthin. "Hei, *sailor boys*! Fechgyn, chi!" gwaeddodd, nes bod un neu ddau yn troi i edrych. Roedd gweddill yr hogiau wedi sylwi ar y bocsys erbyn hyn hefyd. "Gofalus gyda'r canie, cofiwch. Peidiwch â'u gollwng na'u hysgwyd er mwyn y nefoedd!"

Roedd y bataliwn cyfan yn teimlo ac yn ymddwyn fel y teulu brenhinol ei hun wrth adael Southampton ar long fferi'r *Norland*. Gwaith arferol hon oedd cludo teithwyr ar eu gwyliau i'r cyfandir. Ein cludo ni yn griw o filwyr cyffredin i gornel o'r ymerodraeth oedd pwrpas y daith ddiweddaraf iddi. Nid oedd y staff yn edrych yn hapus iawn, yn enwedig gan fod rhai o'r hogiau wedi dechrau tynnu coes ei gilydd.

"Hei, *waiter*, martini plis!" gweiddodd Meic ar un. Dan gymylau llwyd oedd yn bygwth arllwys y glaw safai pawb ar ochr y llong las a gwyn yn chwifio'u dwylo ar y dorf enfawr o deulu, ffrindiau a chefnogwyr brwd oedd wedi dod yno i ffarwelio â ni ar y cei. Doedd gen i neb yno i chwifio arnynt, ond codais fy llaw yr un fath.

Udai cyrn y llongau eu nodau dyfnion tra oedd hwteri croch y tynfadau yn seinio fel cerddorfa lle roedd gwallgofddyn wedi cael gafael mewn pib am y tro cyntaf. Rhyddhawyd cannoedd o falŵns coch, gwyn a glas gyda'i gilydd cyn i'r gwynt eu chwipio dros bennau'r dorf ac i'r maes parcio. Dyma'r tro cyntaf imi fod ar y môr ers blynyddoedd, ac roeddwn i wedi arswydo wrth fynd ar y llong. Ond roedd ei maint a'i chadernid wedi lleddfu tipyn ar fy ofnau.

"Mae e jest fel bod yng ngwesty pum seren y Ritz sy'n digwydd bod ar y môr," oedd barn Meic, ac roedd hi'n anodd peidio â chytuno, er gwaethaf fy ofn o hwylio. Roedd un o fandiau'r llynges wedi bod ar y cei ers oriau yn chwarae'r hen ffefrynnau, a theimlai'r awyrgylch yn debycach i garnifal mawreddog nag ymadawiad milwyr i ryfel. 'Rule Britannia' ac 'Auld Lang Syne' oedd ein cyfeiliant wrth ymadael tra oedd y gwylanod yn hedfan uwchben yn chwilio am fwyd.

"Tydi'r lle yn edrych yn wych, hogia," meddai ein swyddog newydd, lifftenant ifanc oedd wedi ymuno efo ni y bore hwnnw yn syth o Sandhurst. Er ei fod yn hŷn na ni – ac roedd wedi llwyddo i ddweud o fewn munudau inni gwrdd iddo raddio o Rydychen yr haf cynt – edrychai yn fwy eiddil ac yn iau na'r milwyr oedd dan ei ofal.

"Mae pawb wedi gwneud ymdrech fawr i ddod i'n cefnogi ni. Jest meddyliwch am y croeso gawn ni wedi dod adre!" Cyflwynodd ei hun fel "Lieutenant Josh Regis, 2nd Parachute Regiment," cyn sylwi ar ei gamgymeriad. Ni oedd 2 Para a doedd dim angen iddo ddweud hynny. Doedd neb chwaith yn defnyddio'r enw llawn am y gatrawd. Ddywedodd neb ddim byd. Roedd Josh yn ceisio bod yn ffrind i bawb a dangos ei fod yn un ohonon ni drwy ymuno efo'r milwyr ar y dec yn lle sefyll gyda gweddill yr uwch-swyddogion ar y deciau uchaf. Dim ond llwyddo i wneud i'r hogiau deimlo'n anghyfforddus a wnaeth. Roedd pawb yn gofalu peidio rhegi, felly ni feiddiai'r rhan fwyaf ohonom agor ein cegau.

"Edrychwch," meddai eto, heb ddeall yn iawn mai ffin denau iawn oedd rhwng swyddog yn gwneud sylw a swyddog yn rhoi gorchymyn. "Maen nhw wedi dod â baneri efo nhw, chwarae teg."

Taflais gipolwg ar Meic heb ddweud dim. Cododd hwnnw ei aeliau a chwifio ei law yn yr awyr mewn ffug salíwt. Gwyddem y gwirionedd tu ôl i'r baneri. Wrth rannu smôc roli flêr wrth ochr y llong cyn mynd arni tua dwyawr ynghynt, sylwais ar ddau swyddog canol oed yn cerdded drwy'r dorf. Roeddent yn dosbarthu baneri bychain Jac yr Undeb o focs pren a gariai dau filwr rhyngddynt.

"Baner i bawb! Mae digonedd yma. Dangoswch eich cefnogaeth i'r hogia a chwifiwch nhw'n uchel!" Gwasgent faneri i ddwylo pobol ac roedd ambell i ddraig goch yno hefyd. Rhaid bod y Welsh Guards yn gadael ar y llong drws nesaf i ni.

"Biti na fydden nhw wedi meddwl paratoi paned a brechdan i ni yn lle dod â baneri plastig o draeth Blackpool," meddai Meic.

"Yn hollol! Wast o bres. Bar ar y cwch dan ni angan, dim baneri," meddwn dan chwerthin, cyn taflu gweddill y sigarét i'r dŵr a chodi fy magiau i ymuno â'r ciw ar gyfer y llong. Roedd y rycsac ar fy nghefn gan imi benderfynu ei gwisgo hi bob cyfle gawn i, i geisio arfer â'r pwysau ychwanegol. Ond wnes i fyth arfer, ac roedd swigod poenus ar fy ysgwyddau am y misoedd nesaf.

Wedi glanio yn y bore ar faes awyr ger gwersylloedd y fyddin yng Nghaersallog, roedden ni wedi cael awr i bacio unrhyw gêr oedd gennym ni yn y barics cyn neidio i fflyd o fysus a lorïau oedd i'n cludo i lawr i Southampton.

"Fechgyn," meddai Sarjant Mejor y bataliwn wrth inni ddod oddi ar yr awyren o Belffast yn llwglyd. Nid oedd dim byd i'w gael ar yr awyren gan iddi gael ei threfnu mor ddirybudd, ac roedd y cantîn ar gau pan gafodd pawb eu codi yng nghanol y nos. Roedd yr offisars yn poeni y byddai'r IRA wedi ceisio defnyddio'r cyfle i ymosod, felly symud cyn y wawr oedd y peth mwyaf diogel i'w wneud, medden nhw. "Rydan ni'n hwylio i ynysoedd ym Môr Iwerydd, ac yr adeg yma o'r flwyddyn mae'n hi'n aeaf lawr yna. Felly dychmygwch fis o aeaf yn y Bannau, a pharatowch ar gyfer hynny."

Clywais sŵn griddfan tawel ymhlith y milwyr. Roedd pawb yn gwybod bod ein hesgidiau arferol yn dda i ddim yn y glaw ac yn sugno dŵr i mewn yn hytrach na'i gadw allan. Prynodd rhai o'r milwyr craffaf eu hesgidiau cerdded eu hunain ar ôl yr ymarfer cyntaf ar y Bannau. Roeddwn i wedi penderfynu cadw fy arian yn y banc. Byddai digon o gyfle i ddifaru hynny dros yr wythnosau nesaf. Ar ôl inni gyrraedd roedd y Corporal eisiau ychwanegu ei bwt hefyd.

"Paciwch bopeth i'ch rycsacs, hogiau, mi fyddwch i ffwrdd am bedwar mis o leia," meddai, cyn inni redeg i mewn i'r barics. Wnes i erioed ei weld yn gwenu cymaint mewn un diwrnod. "Mi gewch fynd ag un bag mawr arall *standard issue* efo chi, rhag ofn y byddwn i ffwrdd ychydig yn hirach." Edrychodd ar bawb cyn ychwanegu, "Ewch i bacio. Dyma'r cyfle rydan ni i gyd wedi bod yn ymarfer ar ei gyfer ers ymuno. Mi gewch chi i gyd gyfle i brofi eich hunain mewn brwydr. Diawlad lwcus. Mae rhai ohonon ni wedi gorfod disgwyl blynyddoedd am hyn a dyma chi yn cael y cyfle o fewn wythnosau i ymuno. Reit, mae ganddoch chi bum deg munud i fod wedi pacio, glanhau'r ystafelloedd a bod yma ar barêd. *Dismiss.*"

Ar unwaith roedd pawb yn rhedeg o gwmpas y lle yn stwffio popeth posib i mewn i'r bagiau: crysau a sanau gwlân, hetiau, sgarffiau, menyg o bob math, dillad isaf a chylchgronau. Cymerodd ambell un flancedi a oedd ar y gwely, "jest rhag ofn," meddai John, gan gyffwrdd ei drwyn gyda'i fys. Edrychem yn debycach i griw o sipsiwn nag i rai o filwyr gorau byddin Prydain.

Ar ein cefnau roedd rycsacs gwyrdd y fyddin, y Bergens, oedd wedi eu henwi ar ôl y dref yn Norwy lle roeddent yn cael eu gwneud. Bagiau cryf dros ben, ond da i ddim i atal y glaw, felly roedd pawb yn pacio'u dillad mewn bagiau plastig tu mewn. Roedd pob pwyth bron â chwalu oherwydd yr holl gêr a oedd wedi ei stwffio i'r bag. Yna'r reiffl heb fwledi yn un llaw ac unrhyw fag, siwtces neu hyd yn oed ambell fag bin du yn y llall gyda gweddill ein gêr wedi ei wasgu iddynt. Doedd dim amser i wneud dim byd yn daclus.

"Ti'n edrych 'mlaen?" gofynnodd Meic wrth glymu cortyn am hen siwtces glas. Gwelodd o fi'n edrych. "Mae'r clo wedi torri, a sgen i'r un bag arall." Edrychodd o'i amgylch. "Fe werthais i'r bag mawr lawr yn yr Army and Navy y tro dwetha es i ar *leave*." Gwenodd eto.

Roeddwn i wedi hen arfer â'i straeon am godi arian. Gwariai bob ceiniog cyn cael ei dalu. Roedd wrth ei fodd gyda phac o gardiau, sigaréts a chwmni milwyr nad oedden nhw ond yn rhy barod i golli arian ganol nos. Wrth bacio fedrwn i ddim llai na meddwl pwy fyddai ddim yn dychwelyd. Rhaid bod y lleill y meddwl yr un fath yn ddistaw bach, er na fyddai neb wedi cyfaddef hynny chwaith.

"Brysiwch, hogia, neu mi fydd yr ymladd drosodd cyn inni gyrraedd," meddai Snowy, bachgen ugain oed gyda gwallt claerwyn.

"Fyddwn i ddim yn synnu tasa'r Arjis yn rhoi'r gorau iddi cyn inni gyrraedd, unwaith maen nhw'n gweld ein bod ni ar ein ffordd," ychwanegodd Davies.

"Cyn belled nad ydy'r *crap hats* yn cael y clod i gyd, ynde," meddai Alex, gan ddefnyddio slang y milwyr am unrhyw un nad oedd wedi ennill y *beret* coch. Cyffyrddais yr adenydd glas ar dop fy llawes dde. Cymerais oriau i'w pwytho yn ofalus i'r defnydd. Gwelodd Meic fi'n eu cyffwrdd.

"Paid poeni," meddai, "dwi ddim yn meddwl y byddwn ni'n parasiwtio i mewn i'r Falklands. Ar longau a chychod y byddwn ni'n teithio'r tro yma, diolch byth." Nid oedd o fwy na finnau yn or-hoff o neidio o awyren, ac roedd o wedi dewis y gatrawd hon oherwydd yr arian ychwanegol roedd pob para yn ei dderbyn am gymhwyso fel parasiwtiwr.

Wedi bod ym Melffast am dri mis roedden ni wedi gweld digon o gyrff ac yn credu ein bod wedi'n caledu ar ôl cyfnod yn osgoi poteli petrol ac ambell fwled. Ond roedden ni ar fin hwylio i rywle llawer gwaeth.

Ar y llong roedd pawb yn meddwl ein bod wedi cyrraedd y nefoedd ar ôl misoedd mewn barics llwyd, oer a diflas ym Melffast yn cysgu mewn byncs cul. Cawsom ystafell i ddau gyda byncs go iawn, matresi meddal a chlustogau plu. Ymhob ystafell roedd sinc ac roedd hi'n braf molchi cyn cysgu gan edrych allan ar y môr. Chwyrnai Meic fel mochyn bob nos. Gwelwn oleuadau'r llongau eraill am yr wythnosau cyntaf yn llenwi'r mor. Roedd yn rhaid gwisgo esgidiau ysgafn i arbed y carpedi drud ac roedd y fwydlen yn debycach i un y Ritz nag un Aldershot. Gan ein bod wedi meddiannu'r llong ar fyr rybudd roedd ei cheginau'n llawn o fwydydd da, a fyddai yna fawr o gyfle i'w dadlwytho. Digon o gyfle felly i ni fyw fel byddigions.

"Dyw hyn dim yn arwydd da," meddai Meic amser

brecwast fore trannoeth wrth inni adael Southampton ac edrych ar yr holl fwyd oedd ar y byrddau. "Edrychwch ar yr holl wyau a bacwn a madarch!" Chwibanodd cyn dechrau llwytho'i blât fel pob milwr arall. Camodd rhai o staff y gegin yn ôl, heb arfer gweld teithwyr yn rhofio'r bwyd ar eu platiau yn y fath fodd.

"Oes rhywun eisiau coffi neu de?" gofynnodd un bachgen ifanc. Sylwais nad oedd yr un ferch ar griw y llong. Roedd hynny'n benderfyniad doeth.

"Fan hyn, jest tyrd â'r troli yma a'i adael e yma," meddai Meic, yn mwynhau ei hun. "Maen nhw'n ein pesgi ni ar gyfer y rhyfel, fechgyn," meddai. "Felly mae'n well inni neud y mwyaf ohono fe. Gwylanod a *rations* caled fyddwn ni'n ei fwyta yn y Falklands, arhoswch chi."

Ar ôl ychydig ddyddiau mi glywais rai o'r hogiau yn cwyno bod hyd yn oed *smoked salmon* yn dechrau mynd yn undonog, a'u bod nhw hefyd wedi cael llond bol ar gael *after dinner mints* gyda'u coffi bob nos. Erbyn hyn roedden ni wedi gadael y Sianel ac yn hwylio drwy Fae Biscay.

Digon undonog oedd bywyd ar y llong wrth inni gadw'n ffit drwy redeg milltiroedd bob dydd a dysgu cymorth cyntaf. Mi dalodd pawb fwy o sylw yn y gwersi gan y medics na'r un wers arall. Wrth nesáu at yr ynysoedd roedd pawb yn distewi a chilio i'w byncs neu i gornel o'r dec wedi ymarfer.

"Dwi wedi cael llond bol ar y rhedeg diddiwedd yma. Beth yw'r pwynt pan mae ganddon ni hofrenyddion a landrofers?" Pwysai Meic ar ochr grisiau'r llong yn ei grys-t gwyn gyda chwys yn diferu oddi arno. Golygfa ryfedd oedd gweld cymaint o longau yn hwylio mor agos at ei gilydd – cymysgedd od o longau hwylio gwyliau, llongau rhyfel o bob math a maint a'r llongau cario awyrennau yn gewri yn y canol.

"Ymladd 'dyn ni'n mynd i'w wneud, nid paratoi ar gyfer marathon Llundain. Edrycha ar y rhain, nhw sydd gallaf," meddai gan gyfeirio at griw o Gurkhas a oedd yn gwthio'i gilydd i'r lifft dan chwerthin a chan osgoi'r grisiau.

"Well inni beidio trio hynna neu mi laddith y Corporal ni," meddwn cyn cyfeirio Meic i fyny'r grisiau. Roedd digon o ddiawl ynddo i drio'i lwc, ond roedd y swyddogion yn cadw llygad barcud arnon ni bob dydd. Gwae pwy bynnag oedd heb eillio neu wedi anghofio saliwtio.

Tra bydden ni'n ymarfer byddai'r swyddogion a morwyr y llong yn cerdded o gwmpas mewn lifrai gwyn twt, yn drowsus cwta a sanau pen-glin, fel petaent yn ôl yn y tridegau. Er y tynnu coes roeddent o dan orchymyn i'w gwisgo nes inni groesi'r cyhydedd. Pan welson ni'r milwr cyntaf mewn trowsus hir peidiodd y cellwair, a gwyddem yn sydyn ein bod yn nesáu.

Gan fod pawb wedi pacio ar gymaint o frys roedden ni'n gwisgo ein dillad ein hunain i ymarfer, ond pan ddaeth camerâu'r BBC draw un diwrnod ar gwch bychan o un o'r llongau awyrennau, roedd yn rhaid gwisgo'r lifrai gan gynnwys y capiau *beret* coch.

Mi gofia i un pnawn yn dda, yr uchelseinydd yn cyfarth "this is not a drill" a phawb yn sgrialu am y cychod achub. Credai pawb fod llong danfor o'r Ariannin oddi tanom, a bod pob math o fomiau tanddwr ar fin cael eu tanio tuag atom. Ond haig o forfilod yn nofio'n hamddenol ddiniwed oedd yno yn y diwedd.

Cyfnod hapus i rai, ond cyfnod diniwed iawn. Sylwais yn gyson ar y gwylanod uwch ein pennau a finnau'n uniaethu â'u cri. Cri unig yn cael ei boddi gan y rhialtwch oedd ar y lan ac ar ddeciau'r llongau. Hawdd oedd dychmygu ein bod yn hwylio ar wyliau, ac nid i ryfel.

Pennod 10

Roedd y *landing craft*, yr LCU, yn debycach i dun *baked beans* mawr gydag injan wedi ei weldio i'w gefn nag yr oedd i gwch glanio. Safai hanner cant o filwyr ofnus arno yn gafael yn y waliau metel ac yn ei gilydd. Roedd criw bychan yr LCU mewn caban bychan yn y cefn, gyda *machine gun* wedi ei wthio allan o'r ffenest a fflag wen yr *ensign* gyda'r groes goch arni yn chwifio yn y gwynt. Targed hawdd i'r gelyn, ond fedren ni wneud dim am hynny nawr. Heblaw ei saethu, wrth gwrs. Dechreuais chwerthin wrth feddwl am beth mor hurt. Rhuai'r injans gan fyddaru pawb. Roedd tri arall o'r cychod glanio bob ochr i ni yn mynd i'r un cyfeiriad am y traeth, er na fedrwn eu gweld yn y tywyllwch. Chysgodd neb neithiwr a bu'n rhaid codi am hanner nos i fod yn barod i gychwyn am y traeth erbyn dau, gan obeithio y byddai unrhyw filwyr yno yn cysgu.

Bu'n rhaid inni ddringo yn y tywyllwch ac ar raffau o'r llong foethus a fu'n gartref i ni ers wythnosau ac i mewn i'r bocsys metel a oedd wedi dod o'r llongau rhyfel *Fearless* ac *Intrepid*. Roedd y rhain yn cael eu taflu i fyny ac i lawr ar y tonnau fel ceffylau gwyllt. Ddisgynnodd neb i'r môr, diolch byth, gan y byddai wedi canu arno yn y tywyllwch gyda'r holl offer ar ei gefn.

Roeddwn i'n casáu teithio ar y môr ers y mis o wyliau a gefais yn teithio o gwmpas ynysoedd Groeg. Pedair awr ddychrynllyd ar gwch pysgota bychan rhwng dwy ynys mewn storm oedd y gyfrifol am imi ofni teimlo'r llawr yn symud o dan fy nhraed byth wedyn. Roedd y gwyliau yn gyfaddawd rhwng fy rhieni, fy nhad eisiau ymweld â llefydd sanctaidd a fy mam am eistedd ar draethau. Ni chafodd yr un o'r ddau eu dymuniad gan fod un ohonynt yn cwyno drwy'r amser. Mi wnes i fwynhau fy hun, ac roedd rhyddid mewn gwisgo dillad ysgafn a fy holl eiddo mewn rycsac las ar fy nghefn.

Cofiaf fod ar fy nghwrcwd ar lawr y cwch dan do'r caban, ond wrth y drws fel fy mod yn ddigon agos i'r ochr pan fyddwn yn sâl eto. Paent glas oedd ar y cwch, yn crino mewn sawl man gan ddinoethi'r pren di-liw oddi tano, pren a deimlai'n galed gyda'r holl heli oedd arno. Roedd arogl diesel yn y caban, ac roedd hi'n boeth yno hefyd gan fod yr injan o dan focs pren tila yng nghanol y dec. Eisteddai'r capten arno gan gyffwrdd yn aml â'i gap pig glas gyda'r darn o edafedd euraidd arno. Roedd mwstásh trwchus wedi britho o dan ei drwyn ac roedd yn hongian yn isel bob ochr i'w geg llawn dannedd aur. Roedd ei grys gwyn yn fudr a'i hen bâr o jîns wedi rhwygo o dan ei bengliniau a dim byd am ei draed. Croen fel lledr brown tywyll. Fy rhieni, finnau a chwpwl ifanc oedd yr unig deithwyr. Roedd gan y cwpwl rycsacs anferth wedi eu haddurno gyda bathodynnau fflagiau gwledydd nad oeddwn yn eu hadnabod. Roedd rhyw fath o radio wedi ei hoelio'n flêr i'r to rhwng dau ddarn o bren, er na wnaeth y llongwr ei gyffwrdd unwaith, ac roedd miwisg gwerin y wlad yn chwarae arno yn ddi-baid.

Ar bob ochr i'r caban roedd ffenestri hirion fel rhai mewn tyrau castell, ond ar eu hochr, gyda llenni brodwaith gwyn arnynt. Gwelwn y môr yn codi a disgyn drwyddynt ac ambell waith byddai'r tonnau'n golchi dros y ffenestri. Welais i'r un pysgodyn yn yr eiliadau hirion hynny pan oedd y ffenest dan ddŵr, ond gallwn ddychmygu nhw oddi tanaf. Ar un adeg sylweddolais na fedrwn weld yr ynysoedd o gwbwl, a dyna pryd y dechreuais weddïo. Er bod 'Nhad yn weinidog nid oeddwn erioed wedi gweddïo o ddewis o'r blaen – cael gorchymyn i wneud hynny yn gyhoeddus fyddwn i bob tro. Ond y tro hwn roeddwn ar fy ngliniau yn blasu'r cyfog a'r heli a bron wedi 'mharlysu. Roeddwn fel anghenfil yn llechu yn y cysgodion mewn hunllef. Addewais, pe bai Ef yn gwrando ar fy ngweddi, na fyddwn yn mynd ar y môr byth eto, ac y byddwn yn gweddïo'n amlach ac yn rhoi'r gorau i gambyhafio yn yr ysgol Sul. Byddwn hefyd yn dysgu fy salmau, ychwanegais. Dyna oedd y fargen, a theimlwn ar y pryd fy mod yn cynnig llawer cyn belled â bod y cwch pysgota yn glanio'n ddiogel a ddim yn troi drosodd. Mi gadwodd ei ochr Ef o'r fargen a glaniodd y cwch ar yr ynys a phawb yn sych a diogel. Ond mi gyfaddefodd y llongwr – a yfodd yn gyson o botel wydr glir drwy gydol y daith – ei fod o, hyd yn oed, wedi dechrau ofni'r gwaethaf ar un adeg, ac roedd o wedi bod yn llongwr am dros ddeugain mlynedd.

"Ddim dŵr ydy hwnna," meddai Mam wrth fy nhad, a sibrydodd o wrthi i beidio â bod yn wirion. "Ond dwi'n gallu ei arogli o fan hyn," atebodd fy mam, gan ysgwyd ei phen ac addo na fyddai fyth yn arbed arian ar daith eto nac yn ymddiried mewn pysgotwr meddw. Wnes i ddim gweddïo yn amlach na byhafio yn yr ysgol Sul – dim ond pan oedd y blaenoriaid yn cadw golwg, wrth gwrs – ond mi gedwais fy ngair am flynyddoedd am beidio â mynd ar long.

Ni fûm yn ôl ar y môr am bron i ddeng mlynedd union, ddim nes imi adael Southampton am y Falklands gyda'r Paras. Ond o leiaf roedd y llong honno yn lloches. Bath o fetel oedd y cwch yma ac roedden ni'n cael ein taflu i bob cyfeiriad wrth deithio tuag at ynnau'r gelyn.

A dyma fi yn ddyn – yn ôl ar y môr ac yn sâl fel ci nes bod ochrau fy stumog yn llosgi. Unwaith eto roeddwn yn ofni'r anghenfil a oedd yn cuddio rywle y tu ôl i fy ysgwydd chwith. Fedrwn i ddim ei weld, ond roedd o yno.

Plygais a chwydais dros fy esgidiau y treuliais hanner awr yn eu glanhau mor ofalus cyn yr archwiliad olaf ar y llong. Nid oedd y lifftenant wedi dysgu sut i ennill parch ei filwyr. Unrhyw fore arall byddwn wedi cael fy nghosbi a bod yn destun tynnu coes mawr. Nid y bore yma. Sylwodd neb, gan fod pawb yn eu byd bach eu hunain. Sychais fy wyneb gyda llawes fy nghôt. A gan fod tonnau'n tasgu dros ochr y cwch, buan iawn roedd fy mrecwast wedi ei olchi i'r môr a fy esgidiau yn lân unwaith eto.

Roeddwn ar un o gychod glanio'r llynges – bwystfil dur fel bws heb do, ffenest na seddi, a'r criw o'n platŵn ni ac un arall wedi'u gwasgu i mewn fel sardîns rhwng y waliau metel. Dyna'r unig amddiffynfa oedd gennym rhag bwledi'r Archentwyr, ac roedd y waliau yn denau iawn, iawn. Ni fyddent yn rhwystro bwled o ddryll heb sôn am wn trymach neu roced. Taflais gip dros yr ochr ac yng ngolau'r wawr gwelwn hanner dwsin o gychod tebyg ar yr ochr chwith yn rhuo drwy'r tonnau. Edrychent fel sebras yn eu streips du a gwyn a oedd i fod i'w cuddio, ond yng nghanol llwydni Môr Iwerydd roeddent yn darged clir i'r gelyn, os oedd hwnnw wedi deffro.

Bae San Carlos oedd enw'r lle yr oedden ni'n anelu amdano, ac roedden ni ar fin glanio ar Ynysoedd y Falklands o'r diwedd. Ar yr un ddwyreiniol a bod yn fanwl gywir, o gofio briffing y swyddog o HQ ar y llong bnawn ddoe.

"Blue Beach ydy'ch targed chi, a bydd pum cant yn glanio mewn wyth cwch glanio." Sylwais ar y 'chi', nid y 'ni'. Enw hardd oedd Blue Beach ar ddarn o draeth caregog a moel a arweiniai at dirlun gwastad wedi ei dagu gan frwyn; dyna a ddangosai ffotograffau'r swyddogion beth bynnag.

"Dan ni ddim yn disgwyl llawer o'r gelyn ar y traeth, ond byddwch yn barod am unrhyw beth, fel arfer. Mae'r rhan fwyaf o'r gelyn ar yr ochr arall, tua mil a hanner yn amddiffyn maes awyr Goose Green. Ond does dim bwriad i ymosod ar y rheina." Gyda hynny, cododd ei ffeils, saliwtio'r ystafell a cherdded allan. Mi fyddai'n saff yn ei wely pan fydden ni'n glanio ar y traeth.

Tybed a oedd y ddwy ynys yma werth yr holl ymdrech, gofynnais i fi fy hun. Yn gyhoeddus roedd pawb yn dweud eu bod yn edrych ymlaen, ond roedd y seibiau hir o dawelwch bob nos yn cynyddu. Pawb yn ciledrych ar eu cymdogion, a phawb yn gofyn yr un cwestiwn iddyn nhw'u hunain. Tybed pwy fydd yn cael ei ladd? A fydda i'n medru ymdopi mewn brwydr? Beth wna i pan fydd y bwledi'n hedfan?

Erbyn cyrraedd y cwch dur roeddwn yn crynu, ac nid oherwydd yr oerfel. Roedd ambell un yn ceisio dweud jôc ond chwerthin gwag oedd gan bawb a nifer yn chwydu, er nad oedden ni ond wedi bod ar y môr am ychydig funudau.

Wynebai pawb tua'r blaen a finnau'n sefyll rywle yn y canol gyda Meic a Jock. Er mai brodor o Tyneside oedd o, Jock oedd ei lysenw. Wnes i ddim ceisio osgoi bod yn y rheng flaen yn fwriadol, ond wnes i ddim gwirfoddoli i sefyll yno chwaith. Rhyw gadw yn ôl wnes i gan gofio darllen disgrifiadau o filwyr Brwydr Normandi mewn cawod o fwledi a ysgubodd drwy'r rhengoedd cyntaf a laniodd ar y bore hwnnw o Fehefin. Os oedd unrhyw un am fod ar y traeth yn disgwyl amdanon ni, y rheng flaen fyddai'n ei chael hi waethaf. Doeddwn i ddim yn llwfr, ond doeddwn i ddim eisiau marw chwaith.

Gwisgai nifer o'r hogiau fel finnau eu capiau coch meddal. Gwyddem eu bod yn darged hawdd i unrhyw sneipar gwerth ei halen, ond gan nad oedd digon o helmedau i bawb doedd fawr o ddewis. Roedd rycsac drom ar ein cefnau yn dal sach a mat cysgu, clogyn glaw, rhaw, bag molchi, bwledi ychwanegol, plât, cwpan, llwy a fforc, a phacedi o fwyd sych. Roedd mwy o fwledi yn fy melt, yn ogystal â fflasg i ddal dŵr, bidog hir a dau grenêd. Pe disgynnwn i'r môr byddwn yn suddo fel carreg. Ofn pawb oedd y byddai awyrennau'r

Ariannin yn ymosod arnon ni a suddo'r cychod. Ond roedd yr awyr yn glir oni bai am wylanod môr ac un albatros gyda'i adenydd llydan yn symud yn urddasol. Mae'n rhaid ei fod ar goll, meddai un o'r hogiau a oedd yn hoff o adar.

"Fel arfer, Môr y De yw eu cartref, ond os collan nhw bartner maen nhw'n gwrthod paru gyda'r un aderyn arall. Maen nhw'n hedfan nes eu bod yn blino, ac yna'n disgyn i'r môr a boddi," meddwn gan bwyntio at yr un uwchben. Syllais ar yr aderyn gan geisio dianc am eiliadau rhag y dynged oedd yn fy nisgwyl i ar yr ynys.

"Ti'n sylweddoli fod yr awyr wedi bod yn gymylog ers y diwrnod inni adael Southampton?" meddai Meic. Ceisiais ateb ond roedd fy ngwddf yn dal yn rhy sych. Parhaodd Meic i siarad. Dyna'i ffordd o ddelio â'r tensiwn. A'r un hen stori oedd ganddo, er iddo lwyddo i'w hadrodd hi'n ddoniol bob tro.

"'Ymunwch â'r fyddin i weld y byd,' meddai'r swyddog recriwtio ddaeth i'r ysgol i'n gweld ni y llynedd. Pan fydda i'n dod 'nôl o fan hyn dwi am fynd i chwilio amdano fe a rhoi slap ar dop ei drwyn e. Rown i wedi gobeithio gweld dipyn bach mwy o'r byd na'r Bannau, Belffast a'r blydi Falklands!"

Newidiodd tôn yr injans yng nghefn y cwch a gwyddwn ein bod ar fin arafu'n ddisymwth. Cafodd pawb hergwd yn ei flaen ond gan ein bod wedi'n gwasgu mor agos at ein gilydd wnaeth neb ddisgyn. Chwythodd swyddog ei chwiban. Roedd yn fy atgoffa i o reffarî mewn gêm bêl-droed. Pwysodd Meic yn agos ata i cyn gweiddi:

"Dyna'r un blydi chwiban roedd y swyddogion yn ei chwythu cyn anfon y bechgyn dros y top yn y Rhyfel Byd Cyntaf." Er bod fy wyneb a'm gwefusau yn wlyb gan heli, roedd fy ngheg yn dal yn sych a methais ag ateb. Teimlais a chlywais waelod y cwch yn taro'r cerrig ar y traeth ac ysgydwodd y drws dur yn y pen blaen. Agorodd, a disgyn gyda chlec ar gerrig y traeth.

Ro'n i'n teimlo'n chwil yn y cwch, a doeddwn i ddim yn siŵr i ba gyfeiriad roedd y traeth gan na welwn ddim o fy mlaen, dim ond i'r ochr. Roedd y cwch wedi newid cyfeiriad droeon rhag bygythiad rocedi. Clywais weiddi'r swyddog ar y blaen.

"500m, 400, 300, 200, 100, 50, 40, 30, 20,10... Go! Go! Go!" Clywn ddrylliau trwm yn tanio uwchben, gan adnabod eu sŵn o'r cyfnod ymarfer – ein gynnau ni oedd y rheina. Diolch i Dduw am hynny.

Clywais y chwiban eto fel chwiban reffarî wedi colli arno'i hun, a chlywn weiddi'r hogiau wrth iddynt lamu oddi ar y cwch i'r ramp ac yna i'r traeth. Roedd fel bod yn ôl yn y dorf yn ceisio mynd i mewn i Barc yr Arfau ar ddiwrnod gêm, eu hanner nhw heb dicedi a phawb yn gwthio 'mlaen i geisio dal yr anthem ar ôl aros yn rhy hir i gael un peint arall yn y Westgate. Ni welwn ddim ond cefnau pennau a chrymais fy nghefn fymryn a dal fy mhen yn isel i geisio cysgodi rhag unrhyw fwledi. Cedwais olwg agos ar fy nhraed rhag ofn imi faglu wrth adael y cwch. Byddai boddi ar lan y traeth yn fwy o jôc na dim arall.

"Aros gyda fi," gwaeddodd Meic wrth iddo wthio o fy mlaen a rhedeg i lawr y ramp i'r traeth. Clywais wadnau fy esgidiau'n crensian ar y cerrig ac yna roeddwn yn llithro a disgyn ar fy mhengliniau gyda'r tonnau'n marw o 'nghwmpas. Roedd rhai o'r hogiau yn gorwedd ar y traeth ac yn dal eu gynnau o'u blaenau. Doedd neb i'w weld wedi'i anafu a neb yn gweiddi am fedic chwaith. Rhedais yn galed er bod fy nhraed yn llithro i bobman, a baglais gan gladdu baril y gwn yn y cerrig mân a'r gwymon.

Ffŵl! Byddai'n rhaid ei lanhau rŵan. Ond doedd dim amser i feddwl, dim ond dal i redeg a dilyn Meic nes roedden ni wedi pasio'r milwyr olaf oedd yn gorwedd ar y traeth. Ein tro ni oedd gorwedd i lawr wrth i'r rhes nesaf godi, rhedeg a mynd i'w cwrcwd, nes i'r rhes nesaf fynd heibio iddyn nhw.

Roeddwn wedi rowlio ar fy nghefn a dechrau datgymalu fy reiffl gan estyn y ròd hir i glirio'r baril, pan laniodd y Corporal wrth fy ochr. Daliodd y reiffl yn ei law cyn ysgwyd ei ben yn araf.

"Cliria fo a rheda yn dy flaen. Paid â meiddio gadael y bataliwn lawr, a dwi isio dy glywed di'n tanio'r gwn yna cyn diwedd y dydd. Ti'n dallt?" Gyda hynny, cododd a rhedodd yn ei flaen gan weiddi gorchmynion.

"Ti'n iawn?" gofynnodd Meic, a oedd yn anadlu'n drwm fel petai wedi rhedeg marathon. Edrychodd arnaf. "Well iti gadw'r gwn yna'n lân neu fe laddith y Corp di cyn yr Arjis! Dwi ddim yn clywed unrhyw saethu chwaith, wyt ti?"

Gyda hynny, cododd ar ei draed a rhedeg. Dilynais, gan ddal fy ngwn yn ofalus gyda'r baril yn pwyntio tua'r awyr uwchben y traeth.

Pennod 11

Diflannodd unrhyw gyffro a gawsom o lanio ar dir y gelyn heb gael ein saethu na'n bomio o fewn munudau, wrth i'r glaw dreiddio drwy ein cotiau a'n dillad. Wrth lwc fe laniodd y ramp yn gadarn ar gerrig y traeth, felly nid oedd angen rhedeg drwy'r môr. Ond roedd y cerrig yn llithrig ac yng ngolau gwan y lleuad roedd hi'n amhosib gweld dim nes 'mod i'n llithro i bob man. Cam ymlaen a dau yn ôl bron bob tro.

Teimlwn esgyrn fy ysgwyddau yn rhwbio dan y croen yn erbyn strapiau'r rycsac. Breichiau ac ysgwyddau tenau fu gen i erioed, er gwaetha'r holl ymarfer, a theimlwn yr oerfel ar fy nghefn. Bu'n bwrw drwy gydol y daith yn y cwch glanio, ond ni sylwais ar y glaw bryd hynny, heblaw wrth obeithio y byddai'n gysgod i ni rhag llygaid craff milwyr yr Archentwyr. Roedd pawb yn wlyb, a'n traed yn oer ac yn teimlo'n feddal yn yr esgidiau caled a oedd yn gwbl anaddas i ddim heblaw edrych yn smart ar barêd. Cronnai pwll o ddŵr ar waelod pob twll yr oedden ni'n ei gloddio, tyllau lloches rhag ofn i awyrennau'r Archentwyr alw heibio.

"Wel, 'dyn ni i gyd yn dal yn fyw, diolch byth; *we live to fight another day.* Ac fe ddaw hwnnw'n reit fuan, gei di weld," meddai Meic gan edrych o'i amgylch wrth i'r haul wawrio tu ôl i'r cymylau. Gwelais Fae San Carlos am y tro cyntaf.

Gwelwn longau bychain fel yr un a'n cludodd ni i'r traeth yn mynd yn ôl a blaen o'r llongau rhyfel, y llongau teithwyr fel ein *Norland* ni a'r llongau cargo. Roedd pawb ar bigau drain ac yn disgwyl gweld awyrennau'r gelyn yn dod i'r golwg unrhyw funud. Ond roedd cyffro hefyd o fod yn rhan o gyrch mor fawr. Gwelwn gannoedd o filwyr yn ymestyn bob ochr i ni mewn llinellau hir a gynnau mawr yn cael eu gosod ar y traeth; gwelwn hefyd holl longau'r bae. Sylweddolais fy mod yn teimlo'n falch. Yn falch o fod yn perthyn.

Eisteddai Meic ar ei Bergen oedd newydd gyrraedd mewn cwch bach gyda rhai pawb arall. Gorffwysai ei reiffl ar ei liniau ac roedd wedi tanio sigarét o'r bocs a oedd wedi'i rwymo mewn bag plastig. Roeddwn i'n dal i sefyll. Tir corsiog oedd hwn – mawn ac eithin trwchus gyda gwreiddiau tew wedi lledu i bob cyfeiriad ac yn gwneud eu gorau i'n baglu wrth inni gerdded. Roedd y cymylau isel, y swnt llwyd ynghyd â'r tirwedd llwm yn adlewyrchu ein teimladau ninnau. Bron nad oeddwn yn difaru na fu ymladd, gan 'mod i'n dal i ddisgwyl i gael gweld sut faswn i'n ymateb o gael dynion yn saethu ataf.

"Mae milwr doeth wastad yn eistedd os oes amser, cofia, a wastad yn cysgu os oes mwy o amser ganddo," meddai Meic gan gyfeirio gyda'i law at y rycsac. Gwelwn sawl para arall yn eistedd ble bynnag y medren nhw. "Bydd digon o amser i sefyll wrth gerdded, a choelia fi – cerdded fyddwn ni dros yr ynys 'ma i gyd. Ond gan dy fod di'n sefyll, wyt ti am ddechrau tyllu'r twll cadno cyn i'r awyrennau ddechrau'n bomio ni?" awgrymodd dan wenu.

"Be am gal llun, hogia?" meddai Jocky. "Dwi wedi gofyn i Dave o'r twll nesa ddod i'w dynnu. Dyma ni ar ein diwrnod cyntaf, a phawb yn iach!" Roedd o fel bachgen ysgol ar drip ysgol Sul, ond fedrai neb wrthod y cynnig. Cododd Meic ar ei draed gan hanner cwyno, ond ddim o ddifri chwaith. Daeth y Corporal draw a sefyll yn y canol rhwng Meic a finna, Jocky a Dan, gyda Dai Taylor ar yr ochr arall. Tynnodd hwnnw ei gap i gribo'i wallt yn frysiog gyda'i fysedd.

"Peidiwch â gwenu, y diawlad, neu mi fydd y lens yn cracio!" meddai Dave, gan dynnu dau ffotograff rhag ofn. *Clic*. Ac roedd gwên y chwech ohonom dan gymylau llwyd ar y traeth wedi'i dal am byth.

Buom ar y traeth am dridiau cyn cael yr ordors i godi pac a symud am gyrchnod o'r enw Darwin a Goose Green. Dau bentref oedd y rhain, tua deuddeg milltir i ffwrdd. Roedd rhaid cerdded ar draws gwlad, felly byddai ambell filltir yn hirach na'i gilydd. Roedden ni'n falch o adael cyffiniau'r traeth, gan fod yr holl longau rhyfel yn denu awyrennau'r Arjis fel gwenyn at bot mêl ganol haf. Suddwyd sawl llong yn barod, ac roedden ni i gyd yn falch o adael *bomb alley* fel roedden ni wedi bedyddio'r swnt rhwng y ddwy ynys.

"Tybed ydy'r swyddog bach 'na roddodd y briffing i ni'n dal i deimlo mor saff?" meddai Meic. "Ma'r llongau 'ma wedi cael eu bomio fwy nag ydyn ni. Falle mai dyna pam maen nhw wedi newid y cynllun a phenderfynu ymosod ar y maes awyr. Sdim isie i staff HQ golli *beauty sleep*, nag oes?"

"A cherddad yno bob cam, gan fod yr holl hofrenyddion wedi suddo cyn cyrraedd," atebais. Bu llawer o drafod ymysg yr hogiau am faint o longau oedd wedi eu suddo. Roedd hi'n amhosib cynnig amddiffynfa o'r awyr mor bell yng nghanol y môr yn Ne'r Iwerydd.

Ar ein cwrcwd mewn ffos roedden ni, yn gorffwys ar ôl diwrnod cyfan arall o drampio drwy gorsydd diflas. Roedd ein hesgidiau'n suddo i'r ddaear wlyb cyn cael eu llusgo yn ôl allan gan wneud sŵn fel brwsh llydan yn carthu toiled cul. Roedd pawb wedi hen laru yn barod ar y sefyllfa. Ond roedd cyfle rŵan i dynnu'n sydyn ar sigarét a'i rhannu rhwng y pedwar arall. Ni oedd wedi cael y fargen waetha gan y Corporal y bore hwnnw, ac felly ni oedd yn gorfod arwain y bataliwn.

Cordeddai gweddill y milwyr tu cefn i ni fel neidr hir dros filltir neu ddwy o'r diffeithwch diflas, llwm. Roedd chwilio am y nythaid nesaf o Arjis yn ein blino. Byddai'n rhaid cerdded am awr arall cyn cael mwynhau noson o orffwys mewn twll llawn dŵr ac mewn dillad oedd yn dda i ddim ond i dorheulo. Roedd geiriau'r Corporal y bore hwnnw yn dal i droi yn fy mhen, ac yntau wedi gweld ein hwynebau ni ar ôl iddo roi ei ordors i bawb:

"Peidiwch poeni, mae hogiau *intel* yn dweud nad oes yr un gelyn o fewn deg milltir." Choeliwn i ddim gair, a doedd gwaith yr hogiau *intel* hyd yma heb fod yn werth y papur roedden nhw'n teipio'u rwtsh arno fo bob nos.

Edrychai'r ynys fel ardal y Storey Arms ar Fannau Brycheiniog yng nghanol gaeaf – niwl a glaw mân annifyr dros bob man a oedd yn codi'r felan arna i. Mi fyddai rhai o'm ffrindiau yn marw dros y darn tir yma o hen fawn y mae hyd yn oed y defaid yn troi eu trwynau arno.

"Right, move along now. Keep sharp." Llais Sarjant Evans, oedd wedi blino fel ninnau, ond yn ein hannog ni ymlaen.

Chwarae teg iddo, fe arhosodd efo ni. Pethau bach fel'na oedd yn gwneud i'r hogiau fod yn fodlon gwneud unrhyw beth drosto fo, yn wahanol i'r cyw bach o lifftenant. Roedd y stori'n dew mai'r unig ffordd yr aeth o drwy Sandhurst oedd diolch i hen ewythr a oedd yn arwr yn y rhyfel diwethaf ac a enillodd VC. Tybed faint o'i hogiau yntau o ddiflannodd am byth er mwyn y darn bach yna o fetel a rhuban coch a oedd, siŵr o fod, yn pydru mewn cwpwrdd llaith rywle yn Lloegr heddiw?

O'n blaenau diflannai'r tir brwynog i ganol niwl oedd yn prysur lyncu'r gorwel gan rowlio ymlaen yn ara deg tuag atom. Roedd ein traed yn dal i suddo i'r ddaear, a Dai Taylor a Jocky o fy mlaen, a'r ddau yn gwneud i ni i gyd chwerthin.

"Mae'r mwd 'ma yn uffernol, biti i fi anghofio fy blydi sgidia eira. Byswn i'n cael peint yn Port blydi Stanley erbyn hyn."

"Paid bod yn wirion, fydda Iesu Grist yn methu cerddad dros y stwff yma!" oedd sylw comic arall y bataliwn, Brian

Thomas, hogyn pedair ar bymtheg oed a gollodd ei chwaer mewn damwain car cyn inni adael Southampton.

Dwi'n siŵr mai sŵn yr ergydion glywais i gyntaf a hynny cyn i Jocky, Dai a Brian, oedd yn ein harwain, ddisgyn i'r llawr heb hyd yn oed gael cyfle i weiddi. A dwi'n cofio meddwl mai peth rhyfedd oedd i'w traed ddod allan o'r ddaear mor hawdd. Cyfarthodd y gwn peiriant trwm oedd wedi ei guddio rhywle o'n blaenau gan sgubo'r tir gyda bwledi a chodi cawodydd o bridd.

Yna, roedd pawb yn gweiddi o 'nghwmpas i – seiniau oedd yn gymysgedd o sioc, ofn a phoen i gyd ar draws ei gilydd. Mae'n rhaid bod y criw y tu ôl inni wedi eu taro hefyd. Cofiaf glywed brân yn crawcian – hithau wedi dychryn am ei bywyd. Roedden ni ar ddarn gwastad o dir o faint tebyg i gae pêl-droed heb nunlle i gysgodi. Rywle o'n blaenau roedd dau neu dri o'r gelyn yn cuddio mewn twll ac yn ein defnyddio ni fel targedau.

Doedd neb erioed wedi saethu tuag aton ni o'r blaen. Roedd fy nhrwyn yn ddwfn mewn pwll o ddŵr budr yn llawn darnau bychain o frwyn wedi pydru wrth imi geisio gwthio fy hun yn bellach i'r ddaear. Gwelwn y Corporal drws nesaf imi yn ceisio gwneud yr un peth. Ond doedd y ddaear ddim mor feddal â hynny. Amsugnodd fy nillad y dŵr nes bod fy mhenelin a 'mhengliniau'n wlyb socian.

"Arhoswch lle rydach chi!" gwaeddodd y Corporal. "Oes unrhyw un yn medru gweld o le maen nhw'n saethu?" gofynnodd. Ni chafodd ateb. Gwelais o'n codi ei ben. Trawyd y Corporal gan fwled ar dop ei helmed wrth i sneipars yr Arjis ddangos pa mor fedrus oedden nhw. Twll crwn twt a sŵn y fwled yn tincian fel darn hanner can ceiniog i bot copr casgliad y capel ers talwm. Tasgodd ffynnon o waed cochddu drwy'r twll fel morfil yn chwythu am aer, ond fyddai'r Corporal byth yn anadlu eto.

"Medic!" sgrechiais, a "Medic!" eto, er ei bod yn amlwg fod y Corporal wedi ei ladd. Teimlais boen fel petai rhywun wedi cicio fy ffêr ac wrth edrych gwelwn fod darn o sawdl rwber fy esgid dde wedi diflannu. Gan fod y tir mor wastad, mater o amser yn unig oedd hi cyn iddyn nhw lwyddo i'n taro ni i gyd. Allen ni ddim mynd yn ôl nac ymlaen gan nad oedd cysgod. O 'mlaen i roedd y niwl yn nesáu, ond ddim yn ddigon cyflym chwaith. Curai fy nghalon fel gordd ac roeddwn eisiau chwydu, ond gwyddwn fod rhaid imi symud neu gael fy lladd. Doeddwn i ddim am farw rŵan.

Petawn i ond yn cyrraedd cysgod y niwl mi fyddwn i'n ddiogel. Wnes i ddim meddwl eilwaith, dim ond neidio ar fy nhraed a dechrau rhedeg fel dyn gwyllt gan ddal fy reiffl o fy mlaen fel tarian. Rhedais dros gan medr, ond yn dipyn arafach nag Allan Wells yn Moscow. Fe'm llyncwyd gan y niwl heb i'r un fwled fy nharo a disgynnais ar fy hyd gan daro 'mhen-glin yn boenus ar garreg.

Nawr roedd y panic yn fy llethu, gan fod cyfarth y gynnau mor agos a finnau ddim yn siŵr i ba gyfeiriad y dylwn redeg wrth i'r niwl gau amdana i gan fy nallu mewn byd gwyn oedd yn fy mygu. Codais i redeg – i le, Duw a ŵyr – gan faglu dros y brwyn dro ar ôl tro cyn codi a rhedeg eto i gyfeiriad arall, yn siŵr fod y gelyn yn agosáu. Mae'n rhaid fy mod i'n rhedeg mewn cylchoedd ac roeddwn wedi drysu'n lân.

Baglais ar fy hyd i ganol twll lle roedd tri milwr ifanc gyda'u cefnau tuag ata i wedi eu gwasgu o gwmpas *machine gun* myglyd a oedd wedi ei osod ar stand tair coes yn pwyntio oddi wrtha i. Arjis!

Roedd cymaint o ofn arna i nes 'mod i bron â chyfogi ac roedd y reiffl yn fy llaw yn ysgwyd. Teimlwn fel petawn i mewn ffilm wrth i symudiadau pawb ond fi arafu, ac wrth i bob sŵn dreiddio ata i fel pe bai'n dod drwy flanced drwchus. Gallwn fod wedi poeri arnyn nhw a finnau mor agos.

Saethais filwr mewn cap gwlân gwyrdd ddwywaith yn ei gefn heb feddwl ddwywaith. Roedd yr ail ar ei gwrcwd ac wedi hanner troi a chodi ar ei draed, ond roedd y sioc wedi gwneud iddo faglu a disgyn ar ei bengliniau nes fod ei helmed wedi disgyn dros ei lygaid.

Gwaeddai "Paz, la paz" cyn imi ei saethu o hefyd, reit yng nghanol ei stumog yn union fel y cefais fy nysgu. Allwn i fyth fod wedi methu gan 'mod i mor agos ato. Plygodd yn ei hanner a'i ymbil yn troi'n sgrech yn ei wddf.

Clywais glician metel gwag y gwn yn rhybuddio ei fod yn wag. Roedd y trydydd milwr ar lawr y twll fel cwningen wedi'i hoelio gan oleuadau car. Ond roedd rhyw gythraul yndda i, rhyw gymysgedd o gasineb ac ofn. Ro'n i'n casáu fy hun am fod â chymaint o ofn. Bron heb imi sylweddoli roedd yr holl ymarferion yn Aldershot ac ar y Bannau yn dechrau fy rheoli wrth i lais fy nghyn-hyfforddwr fy arwain.

"Cofiwch, does dim angen bwledi bob tro. Mae'r gwn yn arf perffaith ar gyfer *hand to hand*."

Codais y gwn uwch fy mhen a defnyddio'r carn pren i daro'r milwr ar draws ei drwyn. Disgynnodd gyda chwmwl o waed yn tasgu o'r man lle bu ei drwyn, a sŵn fel plisgyn wy yn torri. Boddwyd ei gri gan glec y carn yn taro yn erbyn asgwrn. Ond roeddwn yn dal i glywed rhywun yn gweiddi.

Cymerodd hi eiliad neu ddwy imi sylweddoli mai fy llais i yr oeddwn yn ei glywed. Suddais yn ôl ar ochr y twll yn crynu fel deilen a'm hanadl yn cloffi yn fy ngwddf. Roedd ei waed ar fy nwylo, ar fy nillad ac ar fy wyneb, ac mi wyddwn y byddai yno am byth.

Pennod 12

Mewn cwt ddwy filltir o San Carlos roedden ni, yn disgwyl ordors i symud i fyny i'r ffrynt, a oedd rywle yn ymyl lle o'r enw Goose Green. O'r hyn welson ni o'r map a'i glywed o'r briffing gan y cyw swyddog, Josh, dim ond casgliad o siediau pren to sinc, tai cerrig, siop a swyddfa bost oedd hwn.

"Fetia i di fod 'na fwy o lythrenne yn yr enw nag sydd o dai yn y twll lle," meddai Meic o dan ei wynt. Roedd fy mol i'n troi gormod imi fedru ateb ei jôc, ac roedd fy nhraed yn wlyb ac yn oer ers tridiau. Wnaeth y cwyr melyn y gwnes i ei rwbio drostynt fawr ddim ond eu sgleinio. Mae'n siŵr fod Meic ar bigau drain hefyd. Y broblem oedd bod yna faes awyr bychan wedi ei darmacio yno, ac roedd yr Arjis wedi tyllu a pharatoi amddiffynfeydd o'i amgylch. Gallai unrhyw awyren oedd wedi ei lleoli yno ymosod ar ein llongau ni o fewn munudau, ac roedd yn werthfawr fel maes strategol i ni a'n hawyrennau hefyd. Dyna ddywedodd Josh y lifftenant, o leiaf. A dyna pam roedd miloedd o filwyr yn paratoi i ymladd dros y tir corsiog, un ochr yn tyllu ffosydd a ninnau'n paratoi i ymosod 'dros y top', chwedl Meic. Doedd fawr ddim wedi newid mewn saith deg mlynedd o ryfela.

Roedd Goose Green hefyd yn gwarchod y penrhyn, gan y gallai eu gynnau oedd ar y tir fod yn fygythiad i'n llongau wrth iddynt hwylio i fyny o Fae San Carlos ac am Port Stanley. Doedd neb am fentro allan i'r môr gan fod awyrennau'r Arjis yn prowlan yn fanno hefyd efo'u taflegrau Exocet, diolch i'r Ffrancwyr. Roedden ni'n clywed rhuo'r jets yn gyson, a phawb yn gweddïo na fentren nhw dros y tir mawnog. Doedd nunlle inni guddio, oherwydd bob tro roedden ni'n tyllu dim ond troedfedd i'r tir roedd yn llenwi â dŵr. Roedd rhyw obaith am gysgod yn y bryniau ar hyd yr arfordir, o leiaf. Ond roedd gan Meic theori arall pam nad oedd y llongau ddim am fentro i'r môr.

"Ofn maen nhw, fechgyn. Ofn ein colli ni. Pe bydde llong yn cael ei suddo wrth yr ynys fe fydde 'da ni gyfle o leia i nofio i'r lan," meddai gan eistedd ar garreg yn sugno ar fisged galed. "Fydde gan neb gyfle o gael eu taflu yn bell mas yn y môr, mae hi'n rhy blydi oer. Na, dwi'n meddwl ei bod hi'n well cal dy suddo yn ymyl y lan. Dyna pam mae'r llongau 'ma yn aros yn dynn wrth yr arfordir."

Doedd dim byd yn well gan Meic na siarad o flaen criw o'r hogiau; roedd dawn dweud stori ganddo a dawn dynwared hefyd ac roedd yn gwneud hynny gydag awdurdod. Byddai wedi gwneud coblyn o werthwr da o ddrws i ddrws.

"Mae pawb yn gwybod nad oes ganddon ni'r awyrennau i'n helpu –mae'r hofrenyddion, neu'r rhan fwya ohonyn nhw beth bynnag, ar waelod yr Atlantic. Felly pa ddewis arall sydd ganddyn nhw? Cerdded fyddwn ni, fechgyn, gwyliwch chi."

Torrodd Ben o Derby ar ei draws.

"Ond dwi wedi clywed bod mwy o filwyr ar eu ffordd i'n helpu ni, gan gynnwys y Welsh Guards," meddai. "Mi fyddan nhw'n martsio o fewn ychydig ddyddiau. Pam na fedrwn ni aros amdanyn nhw?"

"Guards? Paid tynnu 'nghoes i, wnei di! Yr SAS, myn yffarn i. Sowldiwrs Sadwrn a Sul yn unig ydy gweddill y fyddin yma i gyd. Pan fydd yr ymladd go iawn yn dechrau fe gei di weld mai ni fydd yn ei chanol hi a phawb arall yn rhedeg am loches." Tynnodd y fisged o'i geg a'i tharo yn erbyn carn ei reiffl. "Dwi'n siŵr mai cerrig ydy'r rhain efo mymryn o siwgr arnyn nhw i geisio'n twyllo ni. Ma hon yn dal yn galed fel haearn Sbaen!"

Ar ôl y briffing aeth pawb i'w tyllau, a thra bod rhai yn cadw golwg, roedd y gweddill ohonon ni'n rhydd i lanhau ein reiffls neu i orffwys. Roedden ni wedi cael digon o *ammo* nes fod pob poced yn llawn dop, ond chawson ni ddim bwyd. Roedd yn rhaid inni ddibynnu felly ar y *rations* sych, ond o leiaf roedd te poeth ar gael bob bore a nos gan fod stof nwy fechan gan Meic. Roedd yn well na'r tabledi tebyg i *firelighters* yr oedd pawb arall yn gorfod dibynnu arnyn nhw i gynhesu eu bwyd. Er ei fod yn chwarae'r ffŵl yn aml, roedd pen doeth ar sgwyddau Meic. Mi gafodd ei fagu gan ei daid a oedd yn dipyn o ddringwr, mae'n debyg, yn y pumdegau a'r chwedegau cynnar. Fe fentrodd i'r Alpau mewn hen fan fach goch a dringo gyda Whillans a Bonnington ac enwau mawr y cyfnod. Dysgodd lawer i Meic am fynydda. Felly fo oedd un o'r cyntaf i brynu esgidiau cerdded go iawn, nid y darnau o ledr a phlastig caled yr oedd pawb wedi eu cael ar y diwrnod cyntaf. A wnaeth o 'rioed golli cyfle i'n hatgoffa ni o hynny chwaith, er mai fo oedd y cyntaf i helpu i drwsio esgidiau a chynnig cyngor ar drin pothelli. Roedd sawl un o'r hogiau wedi colli gwinedd bodiau eu traed yn barod, wrth i'r esgidiau amsugno dŵr a rhwbio'r croen drwy'r sanau gwlân a oedd yn amhosib i'w sychu dros nos.

"Gwasgwch nhw'n dynn, fechgyn," meddai Meic ar y noson gyntaf gan droi ei sanau nes bod ei ddyrnau'n wyn, "a chadwch nhw o dan eich ceseiliau drwy'r nos. Fe fyddan nhw'n gynnes a thamp yn y bore, sy'n well na bod yn wlyb ac yn oer – er, fe fyddwch chi'n drewi fel ffwlbart!" Chwerthin wnaeth pawb ar y noson gyntaf, ond erbyn y drydedd noson roedd pawb yn dilyn ei gyngor. Roedd o'n llygad ei le hefyd. Diolch byth nad oedd rhaid cysgu dan do; roedd angen y gwynt i gadw'r oglau draw. Nid oedd neb wedi trafferthu eillio chwaith ers inni adael y llong.

Gwelais y sarjant yn cerdded draw at ein criw ni ar frys. Roedd ei wyneb yn welw ac roedd wedi heneiddio ers inni lanio. Bu'n filwr ers bron i ugain mlynedd ac roedd tri o blant ganddo.

"Reit, hogia, ma'r ordors wedi dod drwodd, pawb i fod yn barod i ddechrau cerddad mewn deg munud," meddai cyn trotian ymlaen at y grŵp nesaf. Unwaith roedd pawb wedi ateb eu henwau dyma ni'n codi'n rycsacs ar ein cefnau. Ond roedd y rhain mor drwm nes ei bod hi'n haws eistedd a chael dau ffrind i'w gosod ar ein cefnau cyn ein codi'n araf ar ein traed.

"Dwi erioed wedi cario gymaint o bwyse," meddai Meic gan geisio cadw ei gydbwysedd. Roedd pawb yn yr un sefyllfa, gyda phob modfedd sbâr o'n pocedi a'n rycsacs yn cario bwyd, diod, bwledi neu ddillad ychwanegol.

Wedyn dyma ddechrau martsio mewn un llinell hir a phawb yn cadw pellter o ddeg llath rhwng ei gilydd, jest rhag ofn bod yr Arjis am ymosod eto fel y gwnaethon nhw ddoe. Fi oedd yr olaf ond un, y 'tail end Charlie' fel roedd pawb yn galw'r joban yna, ac wedi hen arfer â gwneud hynny ym Melffast. Gwaith peryglus, ond un roeddwn i'n ei fwynhau.

Ond profiad newydd oedd cerdded felly ar dir agored, heb orfod poeni am ffenestri agored neu sneipars ar ddoeau fflatiau uchel. Ar ôl ymosodiad ddoe roedd pawb yn llygadu'r tir yn ofalus. Roedd yn dir mawnog a gwlyb ac yn eithaf gwastad am filltiroedd gyda bryniau bychain yn codi yma ac acw o'n blaenau. Gwnâi ein hesgidiau trymion sŵn gwichian wrth i'r mawn geisio ei orau i'w tynnu oddi ar ein traed. O boptu i'n colofn ni – ac roedd tua hanner can llath rhyngon ni fel arfer – roedd colofn arall o filwyr yn cerdded. O edrych o'm cwmpas roedd fel petai pob milwr yn y fyddin o fewn pum milltir i ni yn symud gyda'i gilydd, yn llinellau hir o forgrug yn dilyn gorchmynion yn ddigwestiwn. Yn dawel fach roeddwn yn teimlo'n falch o fod yn rhan o gyrch mor fawr, ac roedd fel petai antur go iawn ar fin cychwyn o'r diwedd. Sut fedrai'r Arjis ein hatal? Anghofiais am fy nhraed gwlyb, am y tro beth bynnag.

Yn syth o 'mlaen i roedd y *wireless operator* â bocs trwm o fetel ar ei gefn gyda'r erial yn codi ddau fedr uwch ei ben a Jac yr Undeb bychan yn chwifio arni, ac fel arfer byddai Josh yn cerdded gydag o gan astudio ei fap. Gwyddai pob un ohonon ni mai'r sarjant oedd yn ein harwain go iawn gan fod dros ugain mlynedd o brofiad o filwra ganddo ymhob cornel o'r byd, a llai na mis o brofiad gan y swyddog. Ond dyna oedd y drefn ymhob catrawd, gyda'r swyddogion yn cael gwersi darllen map a ninnau'n cael gwersi saethu.

Cyrhaeddon ni'r bryniau a dilyn llwybr defaid trwyddynt gan arafu wrth ofni ymosodiad, ond diolch byth, welson ni ddim byd. Roedd hi'n dechrau tywyllu ac wrth lwc mi ddaethon ni at hen gwt cerrig gyda'i do sinc wedi rhydu. Lloches ffermwr neu fugail, mae'n siŵr, gyda wal gerrig isel o'i hamgylch. Sylwais fod ffenest fechan yn wynebu oddi wrth y môr a bod crac yn y gwydr. Mae'n debyg eu bod yn cael gaeafau caled iawn yn y rhan yma o'r byd.

"Be ti'n feddwl?" meddai Meic yn sefyll ger y cwt. "Dwi am fynd fewn i gysgodi. Mewn neu mas rydyn ni'n dal i fod yn darged, ond o leia bydd y tywyllwch yn helpu i'n cuddio." Roedd Meic wedi gweld y cwt o bell ac wedi gwneud yn siŵr ei fod y cyntaf i'w gyrraedd i'w hawlio i'n criw ni. Erbyn i bawb arall sylweddoli eu bod wedi colli'r cyfle am gysgod, roedd hi'n rhy hwyr.

"Sori, fechgyn, dim lle yn y llety i chi heno. Pam na ewch chi i gnocio drws nesa?" meddai yn wên i gyd gan bwyso ar y wal ger y drws pren.

"Dwi'n falch o fedru gorffwys 'y nhraed o'r diwedd a chael panad. Diolch, Meic," atebais, yn falch o'r wal gerrig a oedd yn gysgod rhag y gwynt main. "Sgen ti ddigon o gas yn y stof fach yna?" Roedd y cerdded wedi 'nghadw i'n gynnes, ond unwaith roeddwn i'n llonydd teimlwn yr oerfel yn brathu drwydda i. Roedd y sarjant wedi sylwi hefyd ac yn cerdded o gwmpas yn cyfarth gorchmynion. Hawdd fyddai sefyllian ac oeri gan fod pawb wedi blino gymaint. Y diffyg cwsg oedd y bwgan mwyaf.

"Reit, pawb sydd ddim ar gard, newidiwch eich sana a rhowch grys a jympyr sych amdanoch. Chi'ch tri, ewch i osod *watch* yn y ffos yna. Pob sgwad i gymryd eu tro, a threulio dwy awr ar *watch*. Peidiwch â meiddio disgyn i gysgu. Mi fedran nhw fod yn sbio arnon ni y funud yma. Ond cyn setlo, gwnewch yn siŵr eich bod yn gwisgo dillad sych, a phawb – pawb!" gwaeddodd, "pawb i jecio eu traed yn ofalus, a'ch reiffls wrth gwrs. Yfwch ddigon o de – mi fydd hi'n noson hir ac oer," meddai, gan ddefnyddio'i reiffl i bwyntio at y cymylau duon a oedd yn llifo dros y bryniau. Gwelwn gawodydd trwm yn ymestyn dan y cymylau fel pysgod jeli traeth Port Talbot yn sgubo'r tir.

Stwffiodd Meic ei hun i un o'r corneli ac mewn dim roedd wedi newid ei grys a'i siwmper a'i sanau ac yn smocio sigarét tra oedd y stof fach yn berwi. Cymerai fwy o amser i fi newid bob tro, gan fy mod yn hopian ar un droed ac yn stryffaglio i godi 'nhrowsus. Roedd pawb arall yn stryffaglio gyda'u tabledi coginio, oedd fel matsys mawr a losgai'n ffyrnig am dipyn, ond fyth yn ddigon hir i gynhesu dim byd yn iawn, a byddent yn cymryd oes i danio hefyd.

"Dillad sych, gwely, panad a smôc. Be arall ma milwr ei angen, heblaw am fwyd call," sibrydais wrth Meic. Roedd y ddau ohonon ni newydd orffen ein dwyawr o wyliadwriaeth, ac yn falch o gael dianc yn ôl i glydwch ein sachau cysgu. Roedd y rheiny'n sych diolch byth er gwaetha'r glaw, ar ôl inni ddefnyddio darnau o'r bagiau du mawr yna mae ffermwyr yn eu defnyddio i lapio bêls, a'u rhoi o gwmpas ein sachau cysgu yn ein rycsacs. Cyngor Meic eto. Wrth imi deimlo 'nhraed yn cynhesu roeddwn yn difaru unwaith eto na wnes i wrando ar ei gyngor am brynu esgidiau cerdded.

Gorweddai'r ddau ohonon ni yn ein sachau ar fatiau gwersylla yng nghysgod y wal. Roedd gweddill yr hogiau yn gorwedd blith draphlith dros bob man ac ambell un wedi disgyn i gysgu mewn dim – cyfuniad o'r cynnwrf, y cerdded, y corsydd a'r paciau trwm.

"Ti'n llygad dy le, ond dwi ddim yn meddwl y byddwn ni mor lwcus nos fory, felly mwynha heno…" atebodd Meic, a gyda hynny trodd ar ei ochr. Ond er 'mod i wedi blino'n racs mi gymerodd oriau i fi gysgu. A phan lwyddais i wneud hynny mi ges i hunllefau nes 'mod i'n deffro'n chwys oer. Ymhen dim roedd y wawr yn goleuo'r cymylau, ac roedd rhaid codi a mynd am Goose Green.

Pennod 13

Cyfrais yr eiliadau. Bob un ohonynt.

"Un, dwy, tair." Roedd tair eiliad rhwng y fflach oren – a oedd fel matsien yn fflamio islaw yn y rhimyn main o fôr a rannai'r ddwy ynys – a dechrau'r rhuo. Yn gyntaf, deuai'r chwibanu uchel a'i sŵn yn cynyddu nes ei fod yn debyg i sgrechian, yna'n debyg i drên yn rasio drwy dwnnel tanddaearol. Roedd y lwmp crasboeth o fetel a ffrwydron yn hyrddio uwchben, amrantiad cyn sŵn cyfarthiad trwm y gwn. Roedd yn debyg i daran ar y gorwel, ond yn ddyfnach rhywsut, fel petai'r ddaear yn rhwygo'n agored gydag eco dwfn. Dilynwyd hyn o fewn eiliadau gan ffrwydriad, ac ambell waith gan fflach wrth iddo daro targed draw tua safleoedd yr Archentwyr. O fewn munudau roedd fy mhen yn chwyrlïo a thynnais fy nghap gwlân dros fy nghlustiau a chodi fy sgarff dros y cap. Fedrwn i ddim cyfrif erbyn hynny. Ond gan fod gynnau trwm yr *HMS Arrow*, a oedd tua milltir i ffwrdd, wedi bod yn tanio'n ddi-baid ers dros awr, roedd y sgrechian, y cyfarth a'r chwibanu wedi uno gan ffurfio sŵn na chlywais erioed ei debyg o'r blaen, ac a oedd yn fy myddaru. Dim rhyfedd bod dynion yn mynd yn wallgo ac yn dioddef o *shell shock* yn y Rhyfel Byd Cyntaf.

Ar ôl hanner awr wedi gwasgu fy nyrnau mor dynn nes bod y cledrau'n gwaedu, ac roedd cyhyrau fy mochau yn brifo o grensian fy nannedd mor galed. Roedd fy ngên wedi ei gwasgu i fy mrest a'm sgwyddau wedi codi nes bod y cyhyrau'n brifo. Diolch byth nad oedden ni'n gorfod dioddef disgwyl i'r siels ddisgyn a ffrwydro ar ein pennau. Roedd sain uchel a chras, fel un nodyn allan o diwn, yn drilio'i ffordd drwy fy mhen, er bod fy nwylo dros fy nghlustiau a bod y siels yn glanio dros hanner milltir o'n safle ni. Ond roedden nhw i fod i wneud ein gwaith ni wrth drechu'r gelyn yn haws, gan gofio bod dros fil ohonyn nhw. Fel y dywedodd Meic,

"Dau ohonyn nhw am bob un ohonon ni, a dynion yn sbâr pan fyddan nhw angen rest bach."

"Yr unig broblem efo sielio," meddai'r Corporal, "ydy bod y gelyn fel arfer wedi cal hen ddigon o amser i baratoi safleoedd amddiffynnol o flaen llaw, rhai dwfn a diogel. Felly, os nad ydyn nhw'n anlwcus iawn a bod siel yn glanio reit ar eu pennau nhw, yna mi fyddan nhw'n disgwyl eu cyfle i ddial. A maen nhw'n gwybod pan fydd y gynnau'n stopio ein bod ni ar fin ymosod, felly bydd pawb allan o'u tyllau ar unwaith yn saethu fel ffyliaid at unrhyw beth fydd yn symud." Pwysleisiodd y geiriau 'unrhyw beth'. "Wedi awr a hanner o sielio mi fyddan nhw fel nythaid o wenyn wedi cael eu hysgwyd. A ni fydd yn gorfod rhedeg i wynebu'r gynnau wedyn."

"Ond mae'n siŵr y bydd lot wedi cael eu lladd ar ôl inni sielio am awr a hanner?" meddai Jocky.

"Dim digon, mae gen i ofn," atebodd y Corporal. Ysgydwodd ei ben wrth ddefnyddio'i fidog i dynnu llinell yn y pridd, yna hanner cylch y tu ôl iddi. "A dyna ydy'r targed, hogiau, mur amddiffynnol yn gynta, yn dyllau dwfn gyda *machine guns*, pob un yn cefnogi ei gilydd a'r gynnau'n medru saethu i bob cyfeiriad. Dim llawer o *cover*, a'r prif amddiffynfeydd ar gopa'r bryn a'r grib yma, Darwin Hill." Plannodd y fidog yn ddwfn yn y ddaear yng nghanol yr hanner cylch. "Fel arfer fyddai neb yn ymosod oni bai fod ganddynt o leia dri neu bedwar am bob un o'r gelyn, gan mai nhw sydd â'r fantais yn amddiffyn. Mae am fod yn noson hir i ni. Ni fydd yn gyfrifol am lwyddiant neu fethiant yr ymosodiad."

Bu tawelwch am rai munudau. Wedyn, fe gynigiodd Meic ymateb.

"Operation Sutton?" Chwerthin oedd o, ond nid oedd llawer o hwyl arno chwaith. A dweud y gwir roedd o'n mynd ar fy nerfau i braidd a bu rhaid imi frathu 'nhafod rhag dweud wrtho am gau ei geg. "Mae'n rhaid ei bod hi'n fore caled yn y gwaith pan feddylion nhw am yr enw yna!"

"Sutton? Mutton more like," meddai Jocky wrth dywallt dŵr cynnes o'r stof fach i'n mygiau ni. Roedd y pedwar ohonon ni, Meic, fi, Dan a Dai Taylor, wedi gorffen taro llygad dros ein reiffls a stwffio *ammo* i bob poced. "O'n i'n meddwl i'r swyddog yn y briffing ar y llong ddweud fod dros fil yn y safle yma. Ac mae llai na phum cant ohonon ni."

Am yn union hanner awr wedi dau fe beidiodd y gynnau a chododd pawb ar unwaith, er nad oedden nhw'n rhy hapus. Roedden nhw'n gwybod, fodd bynnag, bod yn rhaid symud yn gyflym a bod pob eiliad yn cyfri. Ar ôl bod yn eistedd yn llonydd am ddwy awr roedd fy nghoesau'n stiff a phob cyhyr wedi cyffio. Yn y tywyllwch roedd hi'n amhosib rhedeg dros y tir corsiog heb lithro neu faglu. Roedd y cymylau isel yn mygu'r lleuad ac yn golygu na fedrem weld yn bell o'n blaenau, a doedd dim gobaith mul inni weld ein traed. Yna, sŵn fel cnocio. Cnocio trwm yn y pellter a dyfodd a dechrau atseinio o'n hamgylch. Roedd eco rhyfedd yn symud yn ôl a blaen fel petai'n ceisio ateb ei hunan.

"Gwyliwch, hogiau," gwaeddodd y sarjant yn y tywyllwch. Byddwn yn adnabod ei lais yn rhywle. "Maen nhw wedi dechrau saethu, mae B Company wedi cael *contact* trwm. Disgwyliwch am *contact* unrhyw eiliad, ond peidiwch stopio," bloeddiodd.

Byddai'r un neges yn cael ei phasio 'mlaen ar hyd y llinell fel pêl rygbi o un i'r llall. Teimlais fy mhen yn suddo i fy ysgwyddau wrth imi'n reddfol geisio gwneud fy hun yn llai.

Ond gan fy mod yn hanner rhedeg yn fy mlaen, gwyddwn fy mod i a phawb arall yn dargedau amlwg, hawdd ein saethu, yn enwedig os oedd gan yr Archentwyr *night vision goggles*. Nid oedd gan yr un ohonon ni rai wrth gwrs – roedd offer fel yna yn llawer rhy ddrud.

Pwy oedd yn smocio? Gwelwn sigarét yn y pellter ac ar y dde, ond roedd pwy bynnag oedd yn ei smocio wedi ei thaflu, mae'n rhaid, achos roedd y golau'n symud yn gyflym. Oedd y gwynt mor gryf â hynny? Yna roedd golau arall ac un arall eto yn dilyn y cyntaf, fel lein o wialen bysgota wedi'i chastio gan bysgotwr plu.

"Gorwedda lawr, y ffŵl, maen nhw'n saethu aton ni," gwaeddodd Dan, a oedd ar fy ochr chwith. Ysgydwais fy mhen cyn troi yn ôl at y goleuadau oren a oedd yn symud mor hamddenol drwy'r nos, ond yn dod ata i yn sydyn. Mae'n rhaid bod Dan wedi gafael yn fy nghoesau a 'nhaflu i i'r llawr achos mewn eiliad roeddwn ar fy wyneb yn y gors. Codais fy mhen fymryn a chlywed suo prysur bwledi yn hedfan yn agos iawn uwch fy mhen. Roeddent yn torri drwy'r awyr yn debyg i geir ar y teledu mewn rasys Formula 1. Ymarfer arall wnaeth y Sarjant Mejor ar fwrdd y *Norland* oedd saethu nifer o ynnau fyddai'r Archentwyr yn eu defnyddio. Un o'r *machine guns* trymaf oedd wrthi yn ceisio'n medi. Ar ôl eistedd dan y gwn droeon wrth iddo gael ei saethu roedd hi'n hawdd adnabod y tagu araf a chaled fel lorri yn ceisio tanio ar fore oer. Deallais rŵan beth oedd y goleuadau oren – nid sigarennau, ond bwledi *tracer* fyddai'n llosgi'n llachar ac a oedd yn cael eu gosod bob tua chwech i wyth bwled, fel y gallai'r milwyr oedd yn eu saethu weld yn union ble roeddent yn ei daro. Mentrais godi fy mhen a thrwy'r gwair a'r brwyn gwelwn y *tracers* yn cordeddu 'nôl a 'mlaen fel taith afon. Roedd greddf yn gorchymyn imi swatio mor agos i'r ddaear ag y medrwn i, ond byddai hynny'n golygu y gallai'r gelyn ymosod arnon ni o bob ochr a heb rybudd. Os oedden nhw wedi cael eu hyfforddi fel milwyr mi fydden nhw wrthi'n barod yn ceisio gwneud yn union hynny, felly roedd yn rhaid codi.

"Criw un, barod i godi, criw dau, *covering fire.* Mewn tri, dau, un," gwaeddodd y sarjant ac mi godais i a dau arall ar fy ochr chwith ein gynnau a dechrau saethu i gyfeiriad y *machine gun* gan wagio magasîn cyfan mewn eiliadau. Roedd cic y carn ar fy ysgwydd mor galed ag erioed. Ar yr un pryd cododd tri milwr ar fy ochr dde a rhedeg ymlaen ddeg llath nes cyrraedd mymryn o gysgod, cyn gorwedd a dechrau saethu. Ein tro ni wedyn oedd codi a rhedeg i'r un cyfeiriad, heibio iddyn nhw gan orwedd ddeg llath arall o'u blaenau. Ar hyd y lein roedd yr hogiau i gyd yn dilyn yr un dacteg, sef saethu, symud, cysgodi. Roedd hyn wedi cael ei ddrymio i'n pennau fel dysgu tablau mathemateg ers talwm mewn ymarferion diddiwedd ar y Bannau, nes ei fod yn ail natur i bawb. Ond ar ôl tri symudiad o'r fath roedd y saethu yn llawer trymach a gwelais sawl milwr yn disgyn. Taflais fy hun ar y llawr wedi gweld carreg yng nghanol brwyn. O leia byddai hon yn debyg o stopio bwled.

Rowliais ar fy ochr i ryddhau'r magasîn gwag, tynnu'r nesaf o 'mhoced, a tharo golwg sydyn arno i wneud yn siŵr fod y fwled gyntaf yn lân ac yn ei lle, cyn ei stwffio i grombil y gwn. Slap i'w din gyda chledr fy llaw, cyn tynnu'r follt yn ôl, rowlio'n ôl ar fy stumog a chodi'r gwn. Yna, gwasgu'r carn pren i fy ysgwydd a chau un llygad, cyn craffu drwy'r gwyll gyda'r llall dros y ddau bigyn bychan siâp u bedol ar y blaen, a thynnu'r triger. Clec fyddarol arall yn fy nghlust, a oedd erbyn hyn yn llawn clychau'n canu, a'r ymladd fel petai'n bell, yn llawer pellach nag yr oedd mewn gwirionedd. Gynnau trymion yn tagu, ambell ffrwydriad, gwaedd y gorchmynion, a griddfan a sgrechian y rhai a glwyfwyd. Ni fedrwn weld yr un targed, gan fod y rheiny wedi eu cuddio mor dda a golau gwan y nos yn ei gwneud hi'n amhosib imi farnu pellter. Ond daliais i saethu i gyfeiriad y *machine gun* a oedd yn gwasgaru'r goleuadau oren i bob cyfeiriad.

Sylwais fod fy ngheg yn sych a bod chwys yn gorlifo dros fy aeliau ac i mewn i'm llygaid i'w llosgi. Troais ar fy nghefn eto i sychu 'nhalcen gyda llawes fy nghôt. Chwiliais gyda fy llaw arall am fy mhotel ddŵr. Rhyfedd. Teimlai'n ysgafn, er imi ei llenwi i'r top yn syth ar ôl gorffen bwyd y noson gynt. Ysgydwais y botel a chlywais yr ychydig ddiferion a oedd ar ôl ynddi'n taro yn erbyn yr ochrau metel. Daliais y botel yn agosach gan deimlo gyda fy mawd a darganfod twll crwn a thaclus yn ei hochr, ac yna un arall. Roedd un o'r bwledi wedi mynd yn syth drwyddi wrth imi redeg.

Iesu bach! meddyliais. Modfedd neu ddwy i'r dde ac mi fyddai honna wedi bod yn fy stumog.

Gwthiais y botel yn ôl ar fy melt. Roedd yn anodd credu imi fod mor lwcus. Diolch byth fod Dan wedi fy nhaflu i'r llawr. Byddai'n rhaid imi ddiolch iddo, a dangos y botel ddŵr. Ond daeth y synfyfyrio i ben wrth imi glywed llais cyfarwydd.

"Peidiwch ag aros yn llonydd! Codwch a symudwch, ond trefnwch pwy sy'n rhedeg gyntaf." Roedd y sarjant yn ei ôl. Ond y tro yma mi welais i o'n rhedeg yn ei gwrcwd tuag ataf, ei reiffl wedi ei ddal yn uchel o'i flaen, gyda'r baril yn pwyntio at y ddaear. Yn union fel llun o lyfr hyfforddi. Penliniodd ar y llawr. Roedd yn anadlu'n drwm. Daliai i edrych tua'r Archentwyr tra oedd yn siarad efo ni.

"Codwch. Mae B Company wedi'i ddal, fedran nhw ddim symud, ma angan i ni drio tynnu sylw'r Arjis i roi cyfla iddyn nhw. Os na symudwch chi o fama mi fyddan nhw wedi'ch amgylchynu."

"Sut mae'n mynd?" gwaeddodd rhywun tu ôl imi. "Ydan ni wedi llwyddo i dorri trwadd?" Ysgwyd ei ben wnaeth y sarjant heb dynnu ei lygaid oddi ar y lein.

"Ddim eto. Maen nhw wedi paratoi sawl ffos amddiffynnol, ac mae gynnau ganddyn nhw ar ben y bryn yma. Hwnna ydy'n targed ni. Well inni drio cyn iddi wawrio, neu mi fydd hi fel *shooting gallery* yma pan fydd yr haul wedi codi. A fydd 'na ddim gwobrau i'w hennill yn y ffair yma." Edrychodd i bob cyfeiriad cyn cyfarth ei orchmynion.

"Platŵn un, ewch i'r chwith am hanner can llath cyn troi 'nôl i mewn ar y bryn. Platŵn dau, syth ymlaen am hanner can llath, a platŵn tri, *covering fire*, a byddwch yn barod i helpu un o'r ddau arall os ydyn nhw'n methu symud 'mlaen." A gyda hynny, cododd a dechreuodd redeg gan arwain yr ail blatŵn tua'r bryn. Roedd pawb yn rhedeg yn eu cwrcwd. Rown i'n rhan o'r trydydd platŵn, felly mi wnes i'n saff bod magasîn arall yn barod cyn imi godi fy reiffl a chwilio am unrhyw arwydd bod rhywun yn symud neu'n trio tanio at ein hogiau ni.

Pennod 14

Oni bai amdana i, roedd y bachgen oedd ar ei gwrcwd o fy mlaen yn y ffos fwdlyd ar ei ben ei hun. Clywn reiffls a mortars a gweiddi ond fedrwn i symud dim. Roedd dwy law y bachgen yn ceisio rhwystro ei ymysgaroedd rhag llifo drwy'r twll lle ddylsai croen ei stumog fod. Edrychent fel trwynau pinc cŵn bach yn gwthio drwy ei fysedd. Rhwygwyd blaen ei gôt werdd yn agored gan y bwledi gan ddinoethi ei stumog i'r awyr.

"Helpwch fi, plis! Plis! Dwi ddim isio marw," meddai mewn Saesneg bratiog gan riddfan a chrio. Rhedai llysnafedd gwyrdd o'i drwyn gan gasglu ar ei wefus lle roedd blew meddal tywyll yn creu cysgod yn hytrach na mwstásh. Llifai'r dagrau gan dorri cwysi drwy'r baw ar ei wyneb claerwyn. Plygodd gan dynnu ei bengliniau'n agosach i'w frest a rhyddhau un llaw am eiliad i'w stwffio i boced ei gôt a thynnu waled ddu ohoni. Estynnodd honno imi. Ni symudais. Fedrwn i ddim. Gosododd hi ar ochr y ffos a gwasgu ei law yn ôl ar ei stumog.

"Plis, wnewch chi fynd â hon i fy mam. I Mam. Postiwch hi, plis, dwi'n erfyn arnoch chi." Deallais 'mam' a 'post' ond fawr ddim arall, ond roedd yn amlwg beth roedd o am imi ei wneud.

Mewn rhyfel does neb yn marw'n urddasol, araf fel arwyr ffilm. Does dim amser i neb sibrwd neges olaf ddewr, cyn yr ochenaid derfynol ym mreichiau cyfaill agos a aiff â'i eiriau olaf yn ôl i'w deulu balch. Roeddwn eisiau gallu symud ond yn methu, er bod gweld ei wyneb a chlywed ei boen wedi gwneud imi chwydu. Cyfog gwag oedd o, gan nad oeddwn wedi bwyta ers diwrnod a hanner nes i'm stumog grebachu. Sychais fy ngheg gyda chefn fy llaw. Ond roedd arogl y gwaed a'r cnawd yn drech na'r cyfog. Gwelais sawl corff marw mewn deuddydd ond hwn oedd y tro cyntaf imi weld dyn yn marw o fy mlaen. Fyddai'r un meddyg yn medru ei achub, heb sôn amdana i.

Roedd fy nhraed yn wlyb; a dweud y gwir roedden nhw wedi bod yn wlyb bob dydd ers inni lanio ar y traeth cerrig. Symudais fy nhraed i'w codi o'r dŵr. Roedden ni wedi cael ein rhybuddio am beryglon *trench foot* a doeddwn i ddim eisiau i'r swigod ar fy nhraed i waethygu. Symudais y rycsac ar fy nghefn i geisio lleddfu fymryn ar y boen ar fy ysgwyddau. Teimlai'n drymach gyda'r holl law.

Codai stêm o ganol y gwaed a oedd yn llifo i lawr ei goesau cyn diflannu i'r dŵr tywyll yng ngwaelod y ffos. Ni fedrwn weld ei draed gan fod y dŵr bron at ei bengliniau, ac roedd yr arogl chwerw yn llosgi fy ffroenau a'm llygaid yn waeth byth erbyn hyn. Gorffwysai ei ben ar ei frest gan edrych yn syn at lle bu ei fogail, cyn crychu'i lygaid ynghau mewn poen gan besychu crio drwy ei ddannedd.

"Plis, helpwch fi, dwi angen help, plis..." Ysgydwai ei ysgwyddau wrth iddo riddfan a wylofain. Ceisiodd godi ar ei draed ond doedd dim nerth yn ei goesau, a disgynnodd i'r ochr nes ei fod yn pwyso ar ymyl y ffos a'i bengliniau o'r golwg o dan y dŵr mwdlyd. Ar ochr y ffos roedd cadach gwyn yr oedd wedi bod yn ei chwifio eiliadau cyn iddo gael ei saethu. Roedd wedi taflu'r reiffl lathenni oddi wrtho cyn codi'r cadach. Roedd ei wallt yn ddu fel y frân ac yn glynu i'w ben yn y smwclaw a oedd wedi bod yn chwyrlïo drwy'r bore. Roedd y gôt werdd yn rhy fach ac yn dangos croen ei arddyrnau, ac roedd sgarff wlân lwyd am ei wddf. Doedd o heb ddechrau eillio eto ac ni châi gyfle bellach. Dyma'r ail waith imi weld yn agos beth roedd y bwledi *dum-dum* yn ei wneud i gorff dyn. Clywais draed yn suddo i'r mwd tu cefn imi ond methais symud na chodi'r reiffl yn fy nwylo.

"Be sy haru ti, Preifat?" cyfarthodd llais cras, cyfarwydd. "Ti eisiau cael dy ladd neu be?" meddai'r sarjant, gan wasgu'i hun i'r ffos wrth fy ochr i edrych yn agosach ar y milwr arall. Y gelyn.

"Lladda fo, mae hi wedi canu arno beth bynnag," meddai'r sarjant yn flin wedi edrych arno am eiliad a sylwi ar y clwyf agored, y gwaed du a'r wyneb gwyn. Roedd yn dal y reiffl o'i flaen tra bod ei lygaid yn sgubo'r tirlun yn ôl a 'mlaen yn ddibaid. Ysgydwais fy mhen wrth i'r bachgen lithro ar ei ochr nes fod y dŵr bron â chyrraedd ei gluniau. Roedd y sarjant yn siarad eto; gan nad o'n i'n cymryd sylw ohono rhoddodd hergwd imi gyda'i ysgwydd.

"Deffra, nei di! Ti wedi dy glwyfo neu rywbeth?" Ysgydwais fy mhen ond gan ddal i edrych ar y bachgen. "Dwi'n meddwl ein bod ni wedi lladd pob un o'r Arjis yn y sector yma, neu eu dal. Ond tydi hynny ddim yn rheswm i ti beidio bod yn ofalus. Ma sôn bod sneipars yn dal i fod o gwmpas. Felly mae'n well bod yn saff rhag ofn bod rhai wedi cuddio ac am drio ymosod o'r tu ôl. Felly tsiecia bob corff yn ofalus. Ti ddim yn gwybod pa driciau fyddan nhw'n eu chwarae i drio dianc neu i'n saethu ni yn ein cefnau."

Roedd ei lais fel petai'n dod o bell ac ni fedrwn dynnu fy llygaid oddi ar y bachgen. Faint oedd ei oed? Beth oedd ei enw? Llyfodd ei wefusau.

"Agua, por favor, agua, señor, agua," meddai'n floesg gan ddal ati i lyfu ei wefusau ac agor a chau ei geg. Estynnais am y botel ddŵr oedd ar fy melt, er ei bod bron â bod yn wag. Ond ni chefais gyfle i'w chynnig iddo.

Mae'n rhaid ei fod yn gwanhau a llacio ei afael yn ei fol, oherwydd mi chwydwyd cawod o sosejis bychain piws ar hyd y mwd i bob cyfeiriad mewn cwmwl sydyn o ager. Llithrodd y rhain fel nadroedd bychain. Yn y distawrwydd yn dilyn diflaniad ei anadl clywn ei ymysgaroedd yn hisian fel cath flin wrth lithro i'r pwll o ddŵr mwdlyd.

Yna, fe'm byddarwyd gan glec ger fy mhen a sythodd y bachgen am amrantiad wrth i gefn ei ben gael ei chwalu yn gwmwl o waed, ac ymddangosodd twll du lle roedd ei lygaid dde cyn iddo syrthio ar ei wyneb i'r ffos. Ysgydwais fy mhen mewn anghredinedd.

"Ond roedd o'n dal yn fyw, mi fydden ni wedi gallu ei achub o, Sarjant," gwaeddais. "Roedd o wedi ildio ac roedd o'n chwifio fflag wen neu rywbeth tebyg cyn iddo gael ei saethu. Rown i wedi ei gymryd yn garcharor." Cyfeiriais gyda baril fy ngwn at y cadach gwyn oedd yn y ffos wrth y corff.

"A dyna pam y cafodd ei saethu, felly?" gofynnodd y sarjant gan ysgwyd ei ben a chwerthin. Yn yr eiliad cyn iddo gamu ymlaen a sathru'r cerpyn gwyn i'r mwd, sylwais mai trôns oedd yr hyn a chwifiodd y bachgen yn daer uwch ei ben, ar ôl taflu ei wn o'r neilltu.

"Dwi ddim yn gweld yr un faner wen. Dan ni yng nghanol rhyfel, felly callia a dechreua ymddwyn fel rwyt ti wedi cael dy hyfforddi i wneud. Ddim chwara soldiwrs ydan ni fan hyn. Rydan ni i gyd wedi clywed straeon amdanyn nhw yn chwara ildio. Edrycha'n ofalus arno fo. Ti'n mynd i weld dipyn mwy o bethau fel hyn cyn i'r llanast yma fod drosodd. Ac yn ôl y golwg wnaeth y bwledi *dum-dum* yna arno fo, mi fyddat ti wedi bod yn garedicach yn ei saethu o yn ei ben." Gwyrodd i edrych yn agosach ar gefn pen yr Archentwr marw. "Neu tybed wyt ti'n hoffi eu gweld nhw'n dioddef?" gofynnodd gan wenu wrth roi proc terfynol i'r corff gyda'i reiffl er mwyn gwneud yn siŵr ei fod wedi marw.

Gyda hynny, neidiodd allan o'r ffos a rhedeg yn ei gwrcwd gyda charn ei reiffl yn sownd wrth ei ysgwydd. Neidiodd i mewn i dwll, ac yna cododd ei ben yn araf gyda'r reiffl yn dal i fod ar ei ysgwydd. Roedd yr ail glec mor fyddarol â'r gyntaf, a chwydodd ton o waed o ochr pen y sarjant cyn iddo ddisgyn yn swp i'r llawr, fel petai rhywun wedi torri llinyn pyped, meddyliais. Rhewais. Rhaid bod y sneipars roedd y sarjant wedi fy rhybuddio amdanynt yn dal i fod o gwmpas.

Yr unig sŵn bellach heblaw am y wich yn fy mhen oedd gynnau yn y pellter o amgylch Goose Green a gweiddi'r rhai a anafwyd. Taflais fy hun ar lawr y ffos a gwasgu fy mysedd i 'nghlustiau.

Sarjant Mejor Hughes oedd wedi dangos inni sut i wneud y bwledi *dum-dum* un bore llwydaidd ar y llong ar y ffordd draw, tra oedd niwl a glaw mân annifyr yn diflasu'r rheiny oedd yn sefyll ar y dec. Dyn bychan boliog gyda'i wallt wedi ei eillio oddi ar ei ben oedd y Sarjant Mejor, er bod y *beret* coch wedi ei dynnu'n dynn dros ei dalcen. Wnaeth o erioed golli acen unigryw y Cofi o'i dref enedigol, Caernarfon, er iddo ymladd ymhob rhyfel ers Corea – o Malaysia i Gyprus ac ambell un arall oedd yn dal i fod yn gyfrinachol. Anwesai reiffl SLR yn ei ddwylo. Feiddiai neb symud pan oedd o'n siarad heb sôn am drio clebran yn slei. Cymysgedd o barch ac ofn. Ofn yn fwy na dim.

"Ma hwn yn goblyn o reiffl, hogia, roedd o jest y peth draw yn Oman gan bo' ni'n gorfod saethu mor bell yn yr anialwch. Ond rŵan ma raid i chi ddysgu sut i'w ddefnyddio fo mewn lle hollol wahanol. A dwi am eich dysgu chi sut i'w ddefnyddio fo go iawn, i wneud yn siŵr fod pawb dach chi'n saethu yn aros lawr a byth yn symud eto, iawn?"

Heb air o rybudd cododd y gwn i'w ysgwydd a saethu cyfres o ergydion trwy un o'r sachau tywod a oedd yn hongian o bolyn ar ochr y llong ugain llath oddi wrtho. Brasgamodd at y bagiau gan afael ynddynt a'u troi i'r milwyr gael eu gweld.

"Sbïwch. Mae'r bwledi wedi mynd yn syth drwodd,"

meddai, gan gyfeirio at y tyllau bach crwn oedd ym mhen blaen a thu cefn y bag. Llifai'r tywod drwyddynt fel nentydd bychain ar ochr mynydd. "Grêt ar y *firing range* neu wrth ymladd o bell, ond ddim ar yr ynysoedd yma. Ein problem ni ydy hyn. Dan ni'n siŵr o fod yn ymladd yn agos efo'r Arjis – *trench warfare* fydd hyn, hogia, ac mae'r reiffls yma'n rhy gry at hynna. Mi fyddwch chi mor agos mi fyddwch chi'n medru'u twtsiad nhw, felly dach chi angen 'u brifo nhw go iawn. Ac yn reit sydyn."

Tra oedd o'n siarad roedd yn tynnu'r magasîn gwag o'r reiffl, cyn ei roi yn ei felt a tharo un llawn i'r dryll heb orfod edrych arno unwaith, heb sôn am ddwywaith.

"Y peth ola dach chi isio ydy Arji blin efo *bayonet* yn ei law ar ôl i chitha roi twll bach del drwy'i fol neu'i goes o. Wneith hynny ddim 'u stopio nhw achos mi fyddan nhw'n dal i fynd ar yr adrenalin." Arhosodd yn llonydd a sychu'r glaw o'i dalcen. "Mi fydd yn marw ryw ben, ond ddim yn syth. Mi synnwch chi am faint mae dyn yn gallu symud hyd yn oed efo anaf drwg. Ac mi fydd hynny'n rhy hwyr i chi. Felly dach chi angen brifo. Fel hyn."

Wrth siarad roedd o wedi cerdded yn ôl i'r fan ble cychwynnodd. Cododd y gwn eto a saethu dau fag tywod arall. Chwalu wnaeth y rhain gan daflu cawod o dywod i bob cyfeiriad nes bod y milwyr yn chwibanu ac yn rhegi'n dawel. Gosododd y reiffl yn nwylo'r Corporal a oedd yn sefyll wrth ei ysgwydd.

"Bwledi *dum-dum* wnaeth hynna," meddai, gan ddal bwled arian yn ei ddwrn a cherdded yn araf heibio'r rhengoedd o filwyr gan dynnu mwy o'i boced a'u rhannu yn eu mysg. Ar flaen pob un gwelwn groes denau wedi ei llifio i'r trwyn. "Pan fydd y rhain yn taro Arji mi fydd y fwled yn agor fel ambarél tu mewn iddo fo. Fysa *combine harvester* ddim yn gallu gneud mwy o *damage* wrth fynd drwy'r corff. Dim ond i chi daro Joni Arji efo un o'r rhain mi fydd o'n rhy brysur yn sticio'i hun yn ôl at ei gilydd i'ch poeni chi. Unrhyw gwestiwn?" holodd, gan ei gwneud yn glir nad oedd yn disgwyl yr un. Roedd yn dal i gerdded rhwng y rhesi o filwyr.

"Mi glywch ryw ben fod y rhain wedi cael eu banio gan y *Geneva Convention*," meddai gan sefyll o flaen cyfaill imi o'r enw David Evans, o Aberhonddu. Roedden ni i gyd wedi sylwi nad oedd y gohebwyr teledu, yn wahanol i'r arfer, ar y dec y bore hwnnw. "Wyt ti wedi cl'wad am hynna, Evans?" Ysgydwodd hwnnw ei ben a dal i syllu yn syth o'i flaen. "Naddo, mae'n siŵr. Ond jest gwna'n siŵr, a phob un arall ohonoch chi 'run fath, fod amball i fagasîn glân gen ti ar gyfer insbecshyn, ocê? Fydd 'na ddim reffarîs yn tsiecio'ch styds chi yn fama, hogia!" Gwenodd. "Rŵan, y rhawia 'ma," meddai, gan afael mewn rhaw gyda handlen blastig a oedd yn plygu yn ei hanner. "Peidiwch â chael eich twyllo mai ar gyfer gwneud twll bach diogel i gysgu dros nos mae'r rhain. Does dim byd gwell wrth ymladd *hand to hand* os ydy'r reiffl yn wag a chitha heb gael cyfle i'w ail-lenwi. Neu os ydy o wedi jamio, sydd yn digwydd yn aml os byddwch chi wedi gorfod saethu dipyn. Bydd hon yn medru atal y gelyn os rhowch chi slap ddigon caled iddyn nhw." Gafaelodd ynddi fel petai'n chwarae criced a'i chwifio o'i flaen. "Ond mi neith lawer mwy o *damage* os hogwch chi'r ddwy ochr nes bo' nhw fel bwyell gig. A wedyn dim ond taro braich, llaw neu goes sydd angan a mae 'na gyfle da i dorri gwythïen, neu os dach chi'n lwcus, arteri. Gyda lwc mi waedith y diawl i farwolaeth o fewn munudau."

Felly y treuliwyd gweddill y bore, yn 'dysgu sut i ymladd go iawn', chwedl y milwyr eraill. Dim ond ers naw mis roeddwn i a gweddill y milwyr oedd yn llithro ar loriau metel y cwch wedi bod yn y fyddin. Ond ar ddec y *Norland* yng nghanol môr llwydaidd yr Iwerydd y sylweddolais am y tro cyntaf ein bod am ladd dynion eraill. Doeddwn i ddim yn barod i ladd neb, ddim yr un anifail heb sôn am ddyn neu fachgen. Mi ddylwn i fod wedi rhoi un o'r bwledi yna drwy fy nhroed yn y fan a'r lle. Ond wnes i ddim. Roedd yn haws ufuddhau a dysgu sut i wneud bwledi oedd wedi eu gwahardd – oes y fath beth â bwled gyfreithlon felly, meddyliais – a pharhau ar y daith i ladd y gelyn.

Pennod 15

Yn y tywyllwch bob nos cyn mynd i'r gwely, gosodai'r fam y crys cotwm gwyn a oedd wedi ei blygu'n ofalus o dan ei gobennydd. Codai'r crys at ei boch a'i rwbio'n ysgafn wrth ei arogli'n dyner gan geisio dal gafael yn ei arogl, ac yn yr atgof a ddôi gyda'r arogl. Ond roedd fel ceisio gafael mewn niwl. Dihangai'r atgof o'i gafael er y gallai ei glywed a'i deimlo. Ac yna, ar ôl gorwedd, a phan gredai fod ei gŵr yn cysgu, codai gornel y glustog eto i chwilio am arogl ei mab. Roedd yn gwneud hyn yn dawel a gofalus, ond gwyddai'r gŵr beth oedd yn digwydd, er na fyddai fyth yn dweud gair nac yn symud, gan gadw ei gefn ati rhag ofn iddi feddwl ei fod yn effro ac yn ceisio siarad ag o.

Yn aml byddai dagrau yn llenwi ei lygaid ac yn gwlychu ei obennydd os oedd yn mentro agor cil y drws ar ei atgofion am ei fab. Ei gario i'r gwely yn blentyn bach pan nythai ei ben yn ei ysgwydd a phan fyddai'n gofyn am gael gafael yn llaw ei dad. Ofn gadael fynd wedyn rhag iddo ei ddeffro, ac felly treulio oriau yn gorwedd ar y llawr gyda'i law yn dynn yn y dwrn bychan. Byddai'n gwrando arno'n anadlu, gan deimlo mor anghyfforddus ac oer, ond eto mor fodlon. Mor dawel a hapus. Neu cofiai ei fab yn rhedeg ato gan daflu ei freichiau amdano pan fyddai'n ei nôl o'r ysgol ar yr adegau prin hynny y câi gyfle i wneud hynny – adegau rhy brin o lawer. Dro arall byddai'r bachgen eisiau ymladd a reslo gydag o ar y carped o flaen y teledu. A byddai ei wraig yn dwrdio, ond byth yn gas.

Roedd y tri yn chwerthin y dyddiau hynny. Ond er bod ei alar mor fyw, mor boenus ac mor ddidrugaredd, ni fedrai ddweud hynny wrth ei wraig. Roedd bwlch rhyngddynt. Tynnwyd nhw at ei gilydd o glywed am farwolaeth eu mab, ond wedi'r galar cyntaf, roedd y tawelwch yn llethu. Wedi iddo wylo ar y noson gyntaf honno, dim ond wrth baratoi'r deyrnged i'w darllen yn yr angladd yr wylodd o'n agored wedyn.

Ond roedd ei wraig yn beichio crio yn ddyddiol ac ar unrhyw adeg o'r dydd. Roedd sŵn y ffôn yn canu, cnoc ar y drws, neu ddistiau yn gwichian i fyny'r grisiau yn ddigon i arwain at wylo hallt. Ceisiodd ei chysuro ar y cychwyn, ond roedd hynny'n amhosibl, a gan na fedrai gynnig ateb i'w cholled, roeddent yn cweryla ac yn beio'i gilydd yn ddistaw bach am ei farwolaeth. Roedd absenoldeb eu mab wedi eu hollti yn hytrach na'u huno.

"Dyna roedd o eisiau ei wneud, ac mae o wedi cael ei hyfforddi fel milwr ac yn aelod o fyddin fwyaf proffesiynol y byd," oedd ei ateb parod bob tro y ceisiodd hi rannu ei hofnau yn yr wythnosau cyntaf ar ôl i'w mab ymuno.

"Mi fydd popeth yn iawn," meddai, gan geisio argyhoeddi ei hun o hynny, ond roedd o wedi hen benderfynu mai peidio â siarad am hynt eu mab oedd y ffordd orau i gadw'r ddau ohonynt yn ddiogel. Roedd yn haws ganddo ddygymod felly na thrwy hel meddyliau am ei fab. Ond nid felly ei wraig. Roedd hi angen siarad ac yn gorfod gwneud hynny er mwyn goroesi bob dydd.

Heb unrhyw drafodaeth, un noson wnaeth yr un o'r ddau droi'r teledu ymlaen, a'r bore wedyn hefyd mi gafodd y radio lonydd. Byddai'r papur newydd dyddiol yn cael ei roi yn y bin o fewn munudau iddo gyrraedd i fynd gyda'r coed tân. Treuliai'r ddau lawer mwy o amser yn glanhau'r tŷ nag erioed o'r blaen.

Tra oedd ei mab adref ar ei wyliau diwethaf, fe gynigiodd ei fam olchi ei ddillad ond fe roddodd un crys o'r neilltu heb ei olchi. Plygwyd y crys yn gariadus ac roedd bellach wedi bod dan y gobennydd cyhyd nes ei fod fel petai wedi ei smwddio. Gorweddai gyda'r crys am oriau. Llifai atgofion yn ddi-drefn drwy ei meddwl nes bod ei phen yn troi.

"Dyma chi, Mam, lluniau ohona i, rhag ofn imi beidio dod adre!" meddai dan chwerthin y tro diwethaf. Hithau'n gwelwi wrth glywed y geiriau.

"Mae'n ddrwg gen i, dim ond trio tynnu coes. Ylwch, dyma'r lluniau, peidiwch gneud ffŷs, Mam." Tybed a oedd yn gwybod rhywbeth nad oedd wedi ei ddatgelu?

"Mam, peidiwch â phoeni," meddai ar ei wyliau diweddaraf. Dywedodd ei chwaer wrtho tra'i fod adre nad oedd unrhyw un yn gwylio'r teledu yno bellach.

"Os bydd unrhyw beth yn digwydd, a wnaiff o ddim, mi fydd y fyddin yn gadael i chi wybod cyn neb arall," meddai ar y pryd fel ymateb i hynny, "ac yn bendant cyn y cyfryngau, felly mi fedrwch wylio'r teledu heb boeni. Ac os fyth y gwnewch chi glywed neu wylio stori am filwr wedi ei ladd, mi fyddwch chi'n gwybod nad y fi ydy o." Gwasgodd ei fam yn dynn yn ei freichiau, ond nid aeth hi ar gyfyl y teledu eto waeth beth a ddywedai ei mab.

Cododd yn ôl ei harfer ar ddiwrnod marchnad ac wedi brecwast cyflym aeth i gasglu'r ŵyn i'r trelar gyda chymorth y cŵn. Y gwas fyddai'n mynd gyda hi fel arfer, gan fod ei gŵr yn codi cyn y wawr bob bore.

Cyrhaeddodd hi'r dref hanner awr cyn cychwyn yr arwerthiant ac aeth i'r caffi ar gornel y sgwâr am baned a darn o dost. Gan fod y lle yn orlawn o weithwyr a phawb yn gweiddi am y gorau, ni sylwodd ar y radio ar un o'r silffoedd. Clywodd y jingl newyddion a theimlodd don o banig nes ei bod yn dechrau crynu. Ond roedd y rhes o bobol oedd yn aros am eu bwyd wedi ei chaethiwo rhwng dau fwrdd a chadeiriau a ffermwyr newynog yn claddu brecwast o'i chwmpas. Ni fedrai ddianc. Bu bron iddi roi ei bysedd yn ei chlustiau, ond yn rhy hwyr.

"... ac fe gredir fod tri o filwyr wedi eu lladd pan laniodd roced ar un o safleoedd y fyddin yn y gwersyll."

Bu ond y dim iddi dorri i lawr, ond cofiodd eiriau ei mab a gafaelodd amdanyn nhw'n dynn fel petaent yn graig o obaith:

"Cofiwch, Mam, os clywch chi am farwolaeth, nid y fi fydd o, neu mi fyddai'r fyddin wedi cysylltu efo chi." Ceisiodd gymryd anadl ddofn a diolchodd fod y lle mor brysur fel nad oedd neb wedi sylwi arni. Wedi'r panig fe ddaeth y rhyddhad, ac yna'r euogrwydd. Yn rhywle, rŵan hyn, roedd mam i filwr mewn galar. Teimlodd yn euog ond hefyd yn falch.

Cafodd arwerthiant llwyddiannus. Gwerthwyd pob un o'r ŵyn ac wedi eu trosglwyddo i'r prynwr wrth fynedfa'r lladd-dy, fe ddychwelodd adre gyda bron i hanner canpunt yn ei phoced mewn arian parod. Mi fyddai hynny'n siŵr o roi gwên ar wyneb ei gŵr beth bynnag. Gwelodd gar ar y buarth – ei rhieni yng nghyfraith wedi cyrraedd heb rybudd eto fyth, meddyliai. Gwasgodd ei dyrnau am funud. Mae'n siŵr y byddai'n rhaid cynnig te iddynt. Gwnaeth addewid iddi ei hun yn dawel fach y byddai'n dianc i'r llofft ar ôl bwyd gyda'r esgus ei bod yn gorfod gwneud y llyfrau treth ar werth. Diolch byth ei bod yn ddiwedd mis, er nad oedd hi'r mis cywir i fod yn cwblhau'r ffurflen dreth chwaith, ond wydden nhw mo hynny. Ond byddai'n rhaid iddi wneud nodyn o'i phenderfyniad rhag iddi geisio defnyddio'r un esgus eto yn fuan. Roedd ei mam yng nghyfraith mor gyfrwys mi fyddai'n siŵr o gofio dyddiadau a chymryd y cyfle i godi twrw eto. Roedd unrhyw gyfle o'r fath yn fêl ar ei bysedd, er na welai ei gŵr hynny fyth, wrth gwrs.

"Diolch i ti am heddiw, Sam," meddai wrth y gwas. "Mi wela i di bore fory, a mi wna i wagio'r trelar a'i lanhau. Ti wedi gwneud hen ddigon heddiw." Roedd Sam wedi hen arfer â hyn ac yn gwybod yn iawn am y sefyllfa gyda'r teulu estynedig. Nid dyma'r tro cyntaf iddo gael gorffen ei waith yn gynnar gan fod yn well gan ei fòs garthu trelar na threulio un munud yn fwy nag oedd raid yng nghwmni ei theulu yng nghyfraith.

"Dim problem o gwbwl, wela i chi fory," meddai, gan neidio o'r landrofer rhag ofn iddi newid ei meddwl.

Plannodd hi wên ar ei wyneb a throi i wynebu ei gwesteion. Sylwodd fod wyneb ei mam yng nghyfraith yn goch a golwg wedi bod yn crio arni. Beth ar y ddaear oedd yn bod rŵan eto, meddyliodd. Teimlai ambell waith fel ei hysgwyd hi a gwneud iddi sylweddoli fod problemau go iawn gan bobol ac nid rhai dychmygol fel ei rhai hi.

"O, mae'n wir ddrwg gen i..." meddai honno gan ailddechrau crio. Roedd yn ysgwyd ei phen ac yn sychu ei llygaid gyda hances. Gan ei bod wedi hen arfer ei gweld yn crio paratôdd ei hun yn feddyliol am noson arall o wylofain a hunandosturi.

"Wel, Mrs Williams bach, beth sy'n bod?" Cododd honno ei hwyneb o'i hances ac edrych yn gam arni.

"Beth sy'n bod? Wel, beth ydach chi'n feddwl sy'n bod?" atebodd gan ddechrau igian crio. Bron nad oedd yn sgrechian. Dros ei hysgwydd gwelodd ddrws cegin y fferm yn agor a'i gŵr hefyd yn beichio crio a'i ysgwyddau yn ysgwyd yn ddireolaeth. Gwyddai rŵan beth oedd wedi digwydd ac nid oedd angen i neb ddweud dim. Parhaodd ei gŵr i bwyso ar ffrâm y drws a disgynnodd hithau ar ei phengliniau i fwd y buarth a'r dagrau'n llifo. Gafaelodd yn ei breichiau gan eu gwasgu'n frwnt nes eu bod yn gleisiau du, cleisiau a fyddai'n hagru ei chroen am rai dyddiau hyd yn oed wedi angladd ei mab.

Pennod 16

Does dim syniad gen i am faint yr eisteddais i yn fy nghwman gyda'r hogyn marw. Roedd fy nwylo wedi cyffio a 'mhen-ôl yn wlyb socian, a phan ddaeth y milwyr eraill heibio y tro cyntaf roeddent yn meddwl fy mod i wedi marw. Wnes i ddim symud chwaith ymysg y meirw.

"Arglwydd! Hei, ma hwn yn fyw yn fama!" gwaeddodd milwr dros ei ysgwydd. Rhaid bod y medic craff wedi sylwi bod fy mrest yn symud wrth imi anadlu. Mi gafodd dipyn o sioc, dwi'n meddwl, ac yntau ar fin tanio sigarét. Gwlychodd ben y ffag gyda'i wefusau a'i gosod y tu ôl i'w glust. Edrychai yn iau na fi er bod cleisiau duon o dan ei lygaid.

Roedd hosan wen gyda chroes goch wedi ei phaentio'n flêr arni ar ran uchaf ei fraich dde, fel y cadach roedd capten tîm pêl-droed yr ysgol yn arfer ei wisgo. Yr unig un arall dwi'n ei gofio'n gwisgo darn o ddefnydd am ei fraich oedd y capteiniaid yn rownd derfynol Cwpan yr FA. Yn llygad fy meddwl gwelwn Wembley yn haul mis Mai ar y teledu yng ngogledd Llundain a finnau mewn gwirionedd yn sefyll mewn ffos wlyb dan awyr lwyd y Falklands. Roedd gwaed y milwr wedi sychu ar fy lifrai a chig ei stumog yn arnofio yn nŵr y ffos.

"Ti'n iawn?" gofynnodd y medic gan dynnu ei fag oddi ar ei glun a'i agor ar ei liniau. Croes goch ar gefndir gwyn oedd ar hwnnw hefyd. Roedd poteli, cadachau a darnau o bren ynddo. Daliodd ei law o flaen fy wyneb. Roedd ei fodrwy briodas yn aur a gwisgai fodrwy arian ar ei fys bach. Crynai ei law.

"Faint o fysedd ti'n eu gweld?" gofynnodd, a heb oedi am yr ateb fe daflodd gipolwg o'i gwmpas. "Edrych fel dipyn o frwydr fan hyn, mêt. Oes unrhyw un arall yn dal yn fyw, neu wedi brifo?" Ysgydwais fy mhen. Neidiodd *paratrooper* arall yn gwisgo *beret* coch ar ei ben i mewn i'r ffos. Er eu bod yng nghanol brwydr, roedd nifer yn dal i wisgo'u *berets*. Dechreuodd y para symud ei ddwylo dros ddillad y milwr ifanc gan deimlo'r pocedi'n ofalus.

"Ma hwn yn iawn, dwi'n meddwl, Syr," meddai'r medic. "Fedra i ddim gweld unrhyw anaf amlwg beth bynnag. Wedi cael sioc mae o, dwi'n meddwl, ond bydd panad a siwgr yn ei ddeffro. Mae pawb arall yn farw – mae'n rhaid ei fod o wedi cipio'r ffos yma a'i dal hi wedyn rhag *counter-attacks*."

Roedd y milwr arall yn edrych o'i gwmpas yn ofalus gan gyfri'r cyrff o dan ei wynt. Gwelwn fathodyn crwn Uwch-gapten ar goler ei siaced ac roedd fel petai'n siarad efo fo'i hun. Rhaid bod ei glyw wedi chwalu yn y brwydro. Roedd yn gweiddi siarad.

"Iesu bach, pump arall wedi'u lladd fan hyn, a dwsin o'r Arjis. Rydan ni wedi colli lot gormod. Lot gormod." Cliriodd ei wddf a throi at y medic ifanc. "Brwydr a hanner. *Paratrooper*, ti wedi dod â chlod i dy fataliwn, chdi a llawer i un arall. Rhaid i ni wneud yn siŵr dy fod yn cael medal am hyn, dros y milwyr eraill fuodd farw. Wyt ti'n medru dweud be ddigwyddodd?" Ceisiais siarad, ond roedd fy llais yn rhy gryg.

"Paid poeni, mae'n amlwg eich bod wedi gwneud *frontal assault* ar y *position* yma, ei gor-redeg hi, ac yna troi y *machine gun* trwm ar yr Arjis oedd yn ceisio adennill y ffos." Cododd ar ei draed ac edrychodd yn ofalus o'i amgylch gan gyfri eto, ond yn arafach y tro hwn.

"A mae hwn yn *prime position* hefyd. Ma pwy bynnag sydd yn meddiannu hwn yn rheoli'r rhan yma o'r ffrynt." Tra oedd yn siarad, rhoddod ei reiffl ar ei ysgwydd a thynnu llyfr bychan o boced ei siaced gan ysgrifennu ynddo. Cynigiodd y medic fflasg fetel imi gan agor y cap oedd wedi'i gysylltu i'r botel gan gadwyn fechan.

"Cymer ddropyn bach o hwn. Tydi hyn ddim cweit yn y *regulations* ond dyma'r gorau fedra i gynnig tan i ti gyrraedd y *mess tent*," meddai gan ddal y fflasg at fy ngwefusau a'i chodi fymryn. Agorais fy ngheg a llosgodd yr hylif dros fy ngwefusau a 'nhafod a'r holl ffordd i lawr fy ngwddf. Tagais yn galed. Ond teimlais wres yn lledu drwy fy stumog. Gwenodd y medic.

"Gweithio bob tro," meddai gan lyncu ychydig ei hun, cyn cau'r fflasg yn ofalus a'i gosod yn ôl yn y bag meddygol. Agorodd y parafeddyg fy nwylo yn araf gan ryddhau'r reiffl. Trawodd o ar ei ysgwydd cyn rhoi fy mraich ar ei ysgwydd arall a sythu yn araf. Teimlais fy mhengliniau yn clecian, ac oni bai ei fod yn fy nal mi fyddwn wedi disgyn.

"Dyna ti, paid â phoeni. Mi ddaw'r teimlad yn ôl i dy goesau yn y munud pan ddoi di atat dy hun. Y peth calla wnest ti oedd gorwedd i lawr efo'r sneipars. Edrych yn debyg mai nhw laddodd y sarjant acw, ynde?" Cytunais yn dawel. "O leia wnaeth o ddim diodda rhyw lawer, *single gun shot to the head*. Y ffordd ora i fynd os oes rhaid, coelia di fi. Tynnodd yn galed ar y sigarét cyn ei chadw tu ôl i'w glust. "Fyddat ti ddim yn credu'r math o anafiadau ma rhai o'r hogia wedi eu cael, a pha mor hir gymerodd amball un i farw. Dwi'n falch o weld rhywun fel chdi deud y gwir. Fel arall dwi heb wneud fawr o les i unrhyw un ers i mi lanio."

Do'n i ddim yn siŵr oedd o'n siarad efo fi, ac edrychai tua'r gorwel gan ochneidio'n drwm. Roeddwn yn dechrau teimlo fy mysedd ond roedd y boen yn ofnadwy wrth i'r gwaed ddechrau symud eto. Sylwodd y medic fy mod yn ceisio symud a rhaid bod hynny wedi ei dynnu yn ôl o'i synfyfyrion.

"Dyna chdi, un droed o flaen y llall. Mi ddaw'n haws i ti yn ara deg. Paid rhuthro. Un o le wyt ti?" gofynnodd.

"Tw Para," meddwn yn gryg gan wingo wrth geisio symud fy nghoesau. Chwerthin wnaeth y medic.

"Nage, o le ddoist ti cyn i ti ymuno efo'r Paras dwi'n feddwl," meddai.

"O Gymru, o dde Cymru," meddwn. Llyncais boer i geisio gwlithio fymryn ar fy ngwddf. Roedd siarad yn brifo.

"Mae lwc o dy blaid di felly, rydan ni ar ein ffordd i long ysbyty sydd yn cario'r Welsh Guards. *Sir Galahad* dwi'n meddwl ydy ei henw hi. Mi gei di lifft efo nhw yn lle cerddad i'r *objective* nesa."

Mi gymerodd bron i awr o gerdded araf i gyrraedd y casgliad o bebyll gwyrdd ar lan y môr. Yno roedd dynion ar *stretchers* yn cael eu cario i mewn ac allan, a nifer yn disgwyl am driniaeth. Wrth gerdded i lawr y bryn gwelwn y fynedfa ar yr ochr arall. Roedd bin mawr du yno yn gorlifo o gadachau a rhwymau gwaedlyd. Mi wnes i gyrraedd y llong a oedd wedi ei hangori ganllath o'r lan fel roedd hi'n dechrau nosi. Daeth cwch i'r traeth i gasglu hanner dwsin ohonon ni oedd i fynd arni am driniaeth bellach a chyfle i orffwyso mewn gwely. Fel roeddwn yn cael fy nghario dros ochr y llong o'r cwch bach, gwaeddodd rhywun.

"Lle ti wedi bod? Be wnest ti, mynd ar goll eto?" Gorweddai Meic ar ei *stretcher* gyda sigarét yn ei geg a'i ddwylo wedi'u plethu tu ôl i'w ben. Cododd ar ei eistedd ac mi wnes i hercian ato a'i gofleidio.

"Hei, llai o hynna, neu fydd pobol yn siarad," meddai gan geisio cuddio'r dagrau yn ei lygaid.

"A be ddigwyddodd i chdi?" gofynnais gan afael yn dynn yn ei freichiau.

"Ychydig bach o shrapnel yn fy nghoes. Fedra i ddim plygu'r ben-glin, felly aros i weld y doctor dwi. Ond dwi'n uffernol o falch o dy weld di, yr hen fêt." Doedd dim angen dweud mwy. "A beth yw dy hanes di felly? Ti heb gael dy saethu yn dy ben-ôl, gobeithio?" holodd yn gellweirus.

"Na, mi ffrwydrodd 'na siel yn fy ymyl, dwi'n meddwl. Dwi ddim yn cofio rhyw lawer wedyn. Sioc neu *concussion*, medd y doctor. Roedd hi'n eitha ryff lle roedden ni ar un adeg," meddwn, a sylwi ar Meic yn edrych ar y gwaed oedd wedi sychu ar fy nghôt a 'nhrowsus a'm dwylo.

"Dwi'n siŵr ei bod hi, ry'n i wedi colli lot o'r bechgyn. Sgen ti hanes o unrhyw un arall?"

Ysgydwais fy mhen a sylweddoli fy mod yn dechrau crynu eto. Nid oedd y llong yn teimlo fel yr hafan ddiogel yr oeddwn i wedi edrych ymlaen ati. Gyda rhuo awyrennau jets yr Arjis bob hanner awr roedd pawb yn eithaf nerfus. Ond erbyn imi gyrraedd yr ystafell ysbyty mi gysgais fel twrch.

Y bore wedyn, daeth y meddyg ar ei rownds a gwthiodd ddarn o bren i fy ngheg, edrych ar fy nghlustiau – Duw a ŵyr pa mor fudr oedden nhw – a fy nallu am eiliadau gyda'i fflachlamp.

"Rydach chi'n iawn, filwr, ond yn naturiol rydach chi wedi cael dipyn o sioc, dyna'r oll. Ond mi fyddwch yn barod i ailymuno efo gweddill y gatrawd yfory. Rwy'n siŵr eich bod yn falch o glywed hynny."

Na, doeddwn i ddim yn falch o glywed hynny o gwbwl, ond mi wenais arno. Roedd ei acen yn hanu o ryw ysgol fonedd, ei fwstásh wedi'i docio'n ddestlus y bore hwnnw ac fe hanner disgwyliwn iddo fy ngalw'n 'jolly chap' unrhyw eiliad.

"Mae yna wasanaeth coffa ar y dec mewn hanner awr os ydych chi am ymuno efo'r hogiau," meddai wrth godi i fynd i siarad gyda fy nghymydog.

Gwisgais fy nghôt er ei bod yn dal yn fudr gyda gwaed y milwr ifanc, ac ymunais â gweddill y milwyr ar fwrdd y llong am wasanaeth coffa. Safai pawb mewn rheseidiau hir, pob un wedi tynnu ei gap a gwallt nifer ohonom yn hir wedi wythnosau o deithio i'r ynysoedd o Southampton. Nid oedd y rhan fwyaf yn awyddus i dorri eu gwallt a ninnau'n bwriadu treulio wythnosau ar ynys yng nghanol yr Iwerydd a hithau'n aeaf. Gwisgai sawl un farf neu fwstásh trwchus. Roedd esgidiau rhai o'r hogiau wedi cael eu glanhau. Edrychai pawb yn oer ac roedd y gwynt yn cydio ymhob darn o ddillad llac. Syllai pawb tua'r gorwel. Yn y cefndir clywn yr hofrenyddion yn glanio ac yn gadael y traeth a sŵn peiriannau'r cychod bach yn nesáu a phellhau eto.

O'n blaenau ar focs siels gwag safai'r Padre ynghyd ag uwch-swyddog a chyrnol o'r Welsh Guards, dwi'n meddwl. Aeth ati i'n hatgoffa ni ein bod yn gyd-filwyr, ond ni fedrwn dderbyn hynny – ffrindiau oedden ni, a'n ffrindiau ni oedd wedi eu lladd, ac i ba ddiben? Na, nid aberth oedd hwn, roeddwn i eisiau gweiddi, ond marwolaeth erchyll mewn cors ar ynys nad oedd neb erioed wedi clywed amdani.

Pennod 17

Bythefnos ar ôl bomio'r *Sir Galahad*, mi ges i a hanner dwsin o'r hogiau oedd wedi'u clwyfo, ond bellach yn medru cerdded yn simsan, ein hordors i fynd i ddal cwch er mwyn cychwyn ar y daith yn ôl adre.

"Newyddion da, hogiau," meddai'r meddyg, gan godi cornel y flanced lwyd oedd yn hongian yn lle'r drws. Plygodd o dan y flanced cyn sythu a'i gollwng yn ôl i'w lle. Un metel trwm oedd y drws yma gydag olwyn ar ei ganol i'w gloi yn dynn, ac roedd wedi ei greu i atal ffrwydriad bom. Pan oedd wedi ei gau roedd yr ystafell gul yng nghrombil y llong fel ffwrnais, a'n clwyfau yn cosi o dan y rhwymau trwchus. Roedd un o'r nyrsys wedi cael y syniad o roi'r flanced drom yno er mwyn inni gael rhywfaint o breifatrwydd, meddai hi, ond ein rhwystro rhag gallu gweld rhai o'r dynion a oedd wedi eu clwyfo'n ddifrifol drws nesaf oedd y bwriad, dwi'n meddwl. Cafodd dau filwr eu cario'n dawel ar *stretchers* gyda blanced wen dros eu hwynebau. Fi oedd agosaf ond un at y drws ac mi fedrwn weld popeth yn glir. Wrth i un o'r ddau gael ei godi llithrodd ei law dde o afael ei gwrlid, llaw welw gyda'r bysedd wedi cyrlio fel petaent ar fin gafael mewn brwsh. Trawodd ei fodrwy briodas euraidd y llawr metel gyda chlec fach, ac fe adweithiodd un o'r nyrsys drwy godi'r llaw mewn amrantiad a'i gosod yn ôl dan y flanced. Tybed pryd y deuai'r sawl a roddodd y fodrwy iddo i wybod ei fod wedi marw?

Roedd fy ysgyfaint wedi eu llosgi gan y mwg yn ôl y meddyg, ac efallai na fyddwn fyth yn gwella'n llawn. Ond o gymharu fy sefyllfa i gyda rhai y rhan fwyaf o'r hogiau, rown i'n gwybod imi fod yn lwcus iawn.

Ac roeddwn i'n fyw tra oedd Meic yn farw.

Pan sythodd y meddyg ar ôl dod o dan y flanced, dechreuodd rhai ohonom godi ar ein traed ond chwifiodd ei law.

"Arhoswch lle rydach chi, dim angan codi o gwbwl. Rydach chi'n *heroes* ac wedi gwneud eich gorau dros eich gwlad." Mi glywais gan un o'r hogiau fod y meddyg wedi gorfod aros ar y llong oherwydd salwch, ac yn galw pawb a fu ar yr ynysoedd yn arwyr.

"Mae gen i newyddion da i chi, mi fyddwch chi adra mewn dim!" Er bod gwên yn ei lais, nid oedd yn gwenu. Roedd croen ei wyneb yn dynn, olion du o dan ei lygaid a'r rheiny bron â rhythu drwyddon ni. Gan ei fod wedi gweithio ar y ward drwy'r brwydro dwi'n siŵr iddo weld golygfeydd cyn waethed, os nad gwaeth, na'r rhai welson ni.

"Mae'ch papurau chi wedi cyrraedd, ac mi fyddwch chi adra mewn llai na mis. Mae angan i chi bacio eich bagia a bod ar fwrdd y llong yma erbyn wyth bora fory. Bydd *transport* wedyn i fynd â chi i un o'r llongau fferi fydd yn hwylio am Southampton cyn iddi nosi."

Nid oedd neb yn dathlu'r newyddion da; ni fyddai rhai o'n ffrindiau fyth yn gadael yr ynysoedd. Gwyddai'r meddyg hynny ac er ei fod yn ceisio gwenu a swnio fel petai'n ein hanfon ar wyliau, nid oedd yn llwyddo. Diflannodd y wên, a rhoddodd amnaid fechan gyda'i ben cyn ein saliwtio. Nid oedd yr un swyddog o feddyg wedi'n saliwtio ni o'r blaen, ond fe wyddai beth roedden ni wedi ei weld. Mi fyddai'r datganiad yna o barch yn aros efo fi am byth. Wnaeth neb ohonom ddweud fawr ddim wedyn, dim ond eistedd neu orwedd yn ôl ar ein gwlâu cul. Clywais un yn wylo, ond ni edrychais draw, dim ond syllu ar y to a cheisio cadw'n effro.

"Be wnei di ar ôl mynd adra?" gofynnodd y llais o'r gwely ar y chwith. Codais ar fy mhenelin a throi i edrych ar y siaradwr. Hwn oedd y tro cyntaf iddo ddweud gair ers tridiau. Roedd mewn crys-t gwyn ac roedd tatŵ gwyrdd o fathodyn y Gwarchodlu Cymreig ar ei fraich chwith. John oedd ei enw.

"Be wna i? Dwi ddim yn siŵr. A deud y gwir, dydw i ddim wedi meddwl am hynny o gwbwl."

"Dwi wedi," atebodd. "Rydan ni'n siŵr o gael iawndal am ein clwyfau, a gan ddibynnu beth ddywed y doctor, mae'n debyg y byddwn ni'n gadael y fyddin hefyd – *like it or not*." Eisteddodd a chodi ei goesau'n ofalus dros yr ochr. Roedd yn gwisgo siorts ac roedd rhwymyn gwyn ar ei ben-glin chwith. Edrychai'n hŷn na phawb arall yn yr ystafell, tua deg ar hugain, mae'n siŵr, gyda mwstásh trwchus o dan ei drwyn. Hen law felly.

"Sbaen. Cwpan y byd. Dyna dwi am fynd i'w wneud yr haf yma. Roeddwn i wedi safio pres i fynd 'nôl yn saith deg wyth cyn i blydi Joe Jordan godi'i fraich yn Anfield. Tasa gen i wn mi fyddwn i wedi saethu'r uffar hyll. Ond mi wnes i fynd draw yno yr un fath. Dyna oedd profiad. Sesh a hanner!" meddai gan chwerthin ac ysgwyd ei ben wrth gofio. "Cofia di, mae'n beth od braidd 'mod i wedi bod yn yr Ariannin a phedair mlynadd yn ddiweddarach yn saethu hogia'r wlad honno ar ynys ddiflas yng nghanol yr Atlantic." Ysgydwodd ei ben eto. "A'r tro yma dwi am fynd eto, Cymru neu ddim." Chwibanodd gwpwl o faria o gerddoriaeth agoriadol *Match of the Day*. "Bydd digon o *back-pay* i 'nghadw fi fynd am dipyn – gwestai a gwin fydd hi, nid cysgu ar lawr a chwrw cynnes, fflat."

Er ei fod yn fy wynebu roedd ei lygaid yn edrych dros fy ysgwydd fel petai'n gwylio cae o sedd mewn stadiwm.

"Dwi heb wario ceiniog ers misoedd. Fel chdi, ma siŵr. Mi ga i gynnig panad yn swyddfa'r *bank manager* pan dwi'n cyrradd adra. Mi gaiff y cythral yna wenu arna i am unwaith." Roedd hanes rhwng y ddau. Fe welwn hynny yn y modd y caeodd ei geg a chodi fymryn ar ei wefus uchaf mewn dirmyg. "Ti'n gêm i fynd i Sbaen?" Mewn eiliad roedd yn gwenu eto ac yn rhwbio'i ddwylo'n galed. "Meddylia am y lle. Haul, dim glaw, nofio, digon o bêl-droed ac mi fyddwn fel *millionaires* yng nghanol y *señoritas* a genod del eraill o bob gwlad dan haul. Efo pres fydd hi ddim yn broblam cael tocynna i'r gema chwaith."

Dechreuodd chwerthin cyn dechrau tagu'n galed. Daliodd ati i dagu nes bod ei ysgwyddau'n ysgwyd a'i wyneb yn goch. Rowliodd ar ei ochr a thynnu hances bapur o'r pentwr ar y bwrdd wrth ochr ei wely. Poerodd i honno gan edrych yn hir ar yr hyn a ddaeth allan o'i geg, cyn rowlio'r papur yn belen a'i daflu i'r bin. Roedd hwnnw yn gorlifo gyda hancesi bychain, a phob un wedi'i thaflu ganddo fo.

"Wnes i erioed feddwl am fynd," dechreuais ddweud, ond fe dorrodd ar fy nhraws.

"Erioed wedi meddwl am fynd i Gwpan y Byd?"

"Naci," meddwn gan chwerthin o weld yr olwg syn ar ei wyneb. Roedd hwn yn dipn o gês ac roeddwn yn dechrau closio ato. Ers i Meic farw roeddwn wedi cadw draw oddi wrth bawb a phopeth ac wedi cadw pob sgwrs yn fyr. "Mynd allan o'r fyddin dwi'n feddwl. Newydd gyrraedd ydw i, a dim ond mis cyn gadael Southampton wnes i orffen *basic training.* Ond ma'r mis diwetha 'ma wedi newid lot o betha."

"Ydy, mae o," atebodd, "lot fawr o betha, a ma bywyd yn rhy fyr o lawer, yn tydi? Wnes i erioed ddallt hynna tan i fi gyrraedd yr uffar ynys yma." Cynigiodd ei law i fi. "John," meddai, "John Roberts. Falch o gwrdd â chdi." Gwenais ac ysgwyd ei law. Teimlais fy hun yn ymlacio fymryn. Roedd hwn wedi bod drwy'r un peth ac yn hen filwr profiadol.

"Mi fydd gen ti ddigon o *leave* i'w gymryd, felly mi fedri

di ddod i Sbaen. Ond paid â gwastraffu dy fywyd yn enw'r fyddin na dy wlad. Chei di ddim byd yn ôl, 'sti."

Erbyn saith y noson wedyn roedd pawb yn pwyso ar reiling y llong fferi yn syllu ar yr ynys ddi-liw oedd wedi'i gorchuddio gan gymylau isel, fel bob diwrnod arall. Am beth yn union yr oedden ni wedi ymladd a cholli gymaint o'n ffrindiau? Heb i neb ddweud dim fe gaeodd pawb eu llygaid a gostwng eu pennau. Dim ond y tonnau yn torri ar ochr y llong a chri ambell wylan oedd yn ein dilyn oedd i'w clywed. Pan agorais fy llygaid roedd rhai wedi gadael, ac un neu ddau yn sychu eu llygaid yn ofalus.

"Ti'n gwybod pam y gwnaeth yr Ariannin ymosod ar yr ynysoedd yma?" gofynnodd John. Heb oedi am ateb aeth yn ei flaen i egluro. "Mae'r wlad yn cael ei rhedeg gan y fyddin, *junta* maen nhw'n cael eu galw, ond mae'n llanast llwyr. Dyled enfawr a miloedd ar filoedd yn ddi-waith, ac felly i geisio tynnu'u sylw nhw oddi ar fywyd bob dydd dyma nhw'n ymosod ar y Falklands." Gwenodd. "Ond roedd un broblem fach efo cynllun y *generals*. Wnaeth neb erioed feddwl y bydda'r hen Maggie mor benderfynol a chaled. Mi ddylan nhw fod wedi talu sylw i be ddigwyddodd i'r *terrorists* yn yr *Iranian Embassy siege* pan aeth yr SAS i mewn." Saib. "Mi fyddwn i 'di bod wrth fy modd yn trio'r *selection* i weld o'n i ddigon calad i fedru bod yn yr SAS. Dwi'n amau ddigwyddith hynny rŵan."

Tagodd yn galed, fel petai am chwydu yn hytrach na gwneud y sŵn tagu arferol. Mi ofynnais oedd o wedi bod at y doctor ond chwifio'i law fel petai'n ddiamynedd wnaeth John.

"Paid â bod yn wirion, wnei di, dim ond annwyd ydy hwn," oedd ei ateb bob tro wrth iddo geisio cymryd arno ei fod wedi diflasu ar drafod y pwnc. "Welist ti rai o'u milwyr nhw? Hogia ifanc bron bob un, *conscripts* oedd ddim isio bod yna fwy na ninna. A dyna ydan ni fwy ne lai – *conscripts*.

Hogia yn gorfod ymuno efo'r fyddin gan nad oes fawr o ddewis os ti'n mynd i ysgol gyffredin – addysg sâl a dim gobaith os nad wyt ti am fynd dan ddaear fel twrch." Fedrwn i ddim mentro dweud, neu doedd yr hyder ddim gen i, i gyfaddef bod dewis wedi bod gen i. Neu efallai nad oeddwn am ei siomi a cholli'r unig ffrind oedd gen i ar y llong.

"Tra bod y *social class* arall yn gwneud y penderfyniadau gwirion ac yn anfon hogia fel ni i ladd ein gilydd. Roedd hogia'r Ariannin yn ddigon cyfeillgar, 'sti, yn '78. Dim byd gwahanol i ni. A mi fedri di siarad am bêl-droed ym mha bynnag iaith os ti'n ei siarad hi neu beidio." A dechreuodd wneud stumiau fel pêl-droediwr yn pasio, cicio a phenio pêl rithiol.

"Ac mae yna bobol ym Mhatagonia sy'n dal i siarad Cymraeg," mentrais ychwanegu. "Disgynyddion y rhai aeth draw ar y *Mimosa*." Syllodd John yn hurt arna i am eiliad cyn ymateb.

"Siarad Cymraeg yn yr Ariannin?" gofynnodd. "Mae yna bobol heddiw yn siarad Cymraeg? Yn yr Ariannin?" meddai'n arafach fyth gan gnoi cil ar y syniad newydd yma. "Iesu, rhaid dy fod ti wedi cael clec go galed ar dy ben ar y *Galahad*!" Roedd yn amlwg na chlywsai erioed yr un gair am y Wladfa, er iddo fod yn teithio drwy'r wlad bedair blynedd ynghynt.

"Do, aeth cannoedd draw i ddianc rhag tlodi Cymru ac i chwilio am fywyd gwell, a maen nhw'n dal yna heddiw, yn siarad Cymraeg ac yn cynnal eisteddfodau ac ati," byrlymais, gan sylweddoli fy mod yn dweud gormod a bod wyneb John yn edrych yn fwy syn fesul eiliad.

"Lle clywaist ti hynna, felly?" gofynnodd. "Dwi erioed wedi clywed am hynna. Ond mae'n profi un peth, yn tydi? Fod Cymru wedi bod yn dlawd erioed a bod pobol sydd isio chwilio am fywyd gwell yn gorfod hel eu pac a gadael." Roedd yn dal i edrych yn ofalus arna i. "Mi wnest ti weithio'n galed yn yr ysgol, yn do? I ba ysgol est ti felly? Achos dwi erioed yn cofio neb yn sôn am – be wnest ti alw'r lle, Patagonia?"

Nid dyma'r amser i ddweud fy mod wedi gwneud Lefel A. Roeddwn yn cofio'n glir beth oedd agwedd hogiau eraill yr ysgol tuag at y rhai oedd yn y ffrwd arholiadau Lefel O.

"Yn yr ysgol Sul wnes i ddysgu am hynna. Roedd Mam yn grefyddol iawn, a 'Nhad, felly doedd dim dewis ond mynd i'r capel bob dydd Sul." Mi welais i o'n gwenu, felly penderfynais roi mwy o liw i'r stori i dynnu ei sylw. "Tair gwaith, cofia – bore, pnawn a nos. A dim chwarae pêl drwy'r dydd byth – na'r un gêm arall." Roedd John yn chwerthin erbyn hyn ac yn ysgwyd ei ben.

"Dyna be dwi'n ei alw'n greulon. Cael dy orfodi i eistedd ar fainc bren am oriau bob Sul yng nghanol pobol yn drewi o *mothballs*, ma siŵr, yn canu a gweddïo." Rown i'n cael hwyl ar hyn, ac roedd yn help i anghofio.

"A clyw hyn – roedden ni'n gorfod talu hefyd! Darn pum deg ceiniog mewn amlen bapur yn cael ei gasglu bob tro." Roedd chwerthin John yn dechrau troi'n dagu eto.

"Stopia, nei di, neu mi fydda i wedi chwydu!" Ond roedd gwên ar ei wyneb, ac ar fy un innau hefyd. Roedd yn braf medru siarad am rywbeth heblaw'r rhyfel, ac roeddwn yn dechrau edrych ymlaen at gyrraedd adre. Rown i'n gobeithio y byddai'r hunllefau oedd yn gwneud imi ddeffro bob nos yn chwys oer drostaf yn cilio ar ôl i fi gyrraedd yn ôl, ac y deuai breuddwydion am fynd i wylio Cymru'n chwarae ar Barc yr Arfau efo John.

Ym Mae Biscay roedden ni pan gawsom ffarwelio efo fo am y tro olaf. Mi gafodd fynd i Sbaen yn y diwedd, ond nid fel yr oedd wedi gobeithio. Gwaethygodd y tagu ar y ffordd adre nes bod y dagrau'n gwlychu ei fochau wrth iddo ymladd am ei anadl wrth geisio dringo'r grisiau. Hyd yn oed wrth gysgu roedd ei frest yn gwichian. Yn raddol mi fu'n rhaid iddo aros fwyfwy yn ei wely, ac yna mi wnaeth y doctor sylweddoli fod bronceitus ganddo fo. Mi ddatblygodd hwn yn niwmonia mewn chwinciad, medden nhw. Dwi'n amau bod niwmonia wedi bod arno fo ers iddo adael yr ynysoedd.

"Fedri di goelio hyn?" gofynnodd un bore. "Niwmonia, o bob peth. Rown i'n meddwl mai dim ond hen bobol neu rai oedd yn sâl go iawn oedd yn cael niwmonia." Roedd pìn a pheipen yn ei fraich yn rhedeg o fag clir oedd yn crogi o bolyn metel wrth ei ochr. "Antibiotics," meddai John. "Maen nhw'n mynd yn syth i mewn i'r corff i gael gwared ar yr hen niwmonia yma."

Ond er gwaethaf yr antibiotics, gwaethygu wnaeth y niwmonia, gan ladd dyn deg ar hugain oed ar ward ysbyty gyda meddygon a nyrsys o'i gwmpas ym mhobman.

"Wnaeth trampio drwy'r ynys wlyb a chysgu allan yn y glaw fawr o les, naddo?" meddai gan ysgwyd ei ben y bore y bu farw. Erbyn hyn roedd ei wyneb yn wyn a'r croen yn tynhau am ei esgyrn. Trawiad ar ei galon gafodd o, mae'n debyg, ond rhaid ei fod wedi amau na welai Southampton eto oherwydd fe ofynnodd a gâi ei gladdu yn y môr.

Ac felly, un bore diflas gyda Sbaen dros y gorwel i'r dwyrain, gollyngwyd ei gorff i'r tonnau mewn casgen fetel. Roedd yr Iwnion Jac ar yr arch, ond mi wnaethon nhw ddal eu gafael yn honno wrth i'r gasgen lithro dros yr ochr. Synnwn i ddim eu bod bron â rhedeg allan ohonyn nhw.

"Mi gaiff ei listio fel *killed in combat*," meddai'r Capten a ddaeth i dorri'r newyddion am ei farwolaeth, "gan nad oedd o wedi cyrraedd y tir mawr."

Roedd hynny'n amlwg i fod yn gysur o ryw fath i ni, neu i'w deulu. Byddai'n gwneud gwahaniaeth i'w bensiwn, efallai, a oedd yn rhywbeth i fod yn ddiolchgar amdano, mae'n siŵr. O fewn wythnos rown i a gweddill y cleifion ar y llong wedi glanio yn Southampton, ond doedd neb yno i gwrdd â ni. Roedd yr olygfa'n dipyn o wrthgyferbyniad i'r torfeydd a ddaeth i ffarwelio â ni, a'u dathlu a'u cyrn a'u dwsinau o gychod yn seinio'n foliannus. Roedd hyd yn oed y gwylanod yn dawel. Doedd neb am weld y rhai a anafwyd yn dod yn ôl. Mi gawson ni ein symud mewn hen landrofers i ysbyty ger Birmingham, ac ymhen pythefnos mi ges i'n anfon yn ôl adre, a finnau heb weld Mam a Dad ers y bore y gadewais i ddwy flynedd ynghynt.

Pennod 18

Ar ôl cael fy rhyddhau o'r ysbyty a 'ngyrru adre roedd hi'n hawdd iawn yfed bob nos. Ond bûm yn sleifio allan o'r ysbyty cyn hynny hefyd. Llwyddwn i berswadio dynion diarth i adael i mi eu helpu nhw i wagio peintiau; llwyddwn i hudo merched lu a denu addewidion gwag am waith. Fyddwn i prin yn blasu'r dwsin neu fwy o beintiau a yfwn yn gyson. Byddwn yn eu taflu i lawr fy ngwddf mor gyflym ag y gallwn lyncu, ac fel arfer yn sŵn cymeradwyaeth. Yfwn fel petai fy mywyd yn dibynnu arno. A fyddwn i ddim yn peidio nes bod glas fy llygaid ugain oed yn debycach i byllau tywyll ar ôl storm. Roedd pawb eisiau blasu'r fuddugoliaeth. Cafwyd parti, cyflwynwyd oriawr aur, a'r disgwyl oedd ein bod yn teimlo'n rhan o'r 'llwyddiant'.

"Dyna lwcus wyt ti'n cael bod yn rhan o'r fath ymgyrch, ein buddugoliaeth fwyaf ers yr Ail Ryfel Byd," meddai dyn boliog un pnawn gan wasgu fy ysgwyddau. Lwcus i weld fy ffrindia yn cael eu lladd? meddyliais. Ond ddywedais i'r un gair. Fyddai neb yn deall.

"Dwi'n siŵr bod dy fam a dy dad yn falch iawn ohonot – yn ennill medal a dod yn ôl yn un darn hefyd," meddai un arall.

Golygai'r addoli seciwlar yma fod Dad y gweinidog mewn sefyllfa chwithig, a Mam hefyd gan ei bod yn gorfod aros wrth ochr ei gŵr. Er nad oeddwn wedi siarad gyda nhw ers ymuno â'r fyddin, i fy hen gartref yr es i ar ôl yr ysbyty. Roedd swyddog wedi mynd i mewn o fy mlaen i'w rhybuddio y gallwn fod mewn gwewyr tawel.

"Gall fod yn dioddef o effeithiau rhyfel na fedrwch chi eu gweld, felly mae angen cymeryd gofal." Ni chyfeiriodd at fy record droseddol. Erbyn hynny roeddwn wedi fy arestio unwaith am ymladd tra o'n i'n feddw. Roedd y fyddin yn falch o gael gwared arnaf gyda phensiwn bychan am fy anafiadau. Penderfyniad hawdd oedd hwn yn fy achos i gan fy mod wedi fy anafu mor hegar, tra bod eraill heb anafiadau mor amlwg yn mynd heb driniaeth gan nad oedd gan neb fawr o syniad sut i'w trin. Roedd nam ar fy nghlyw ar ôl y bom a ffrwydrodd yn y llong ac roedd y mwg wedi llosgi'r tu mewn i'm hysgyfaint. Ymladdwn i gael fy ngwynt gan wichian wrth ddringo'r grisiau i'm hen ystafell wely.

"Peidiwch â phoeni dim, mi gaiff *honourable discharge* gan y War Office, ac mi fydd yn cael pensiwn hefyd. A maes o law mi fydd yn cael medal, y Military Medal, oherwydd ei ddewrder ar faes y gad." Os oedd yn disgwyl gwên neu air o ddiolch, fe sylweddolodd yn ddigon buan nad oedd hynny'n debygol o ddigwydd.

"Mae ganddoch chi lawer i fod yn falch ohono, mae'ch mab yn arwr," mentrodd y swyddog eto, gan wenu arnynt a phwyso a mesur a ddylai ddweud rhagor. Ni ddywedodd air am y cartrefi eraill y bu'n ymweld â nhw – tai lle roedd lluniau ar y silff ben tân yn allor i fab na fyddai fyth yn dod adre. Cofiai weld *beret* glas mewn cartref tawel gyda gwaed y mab arno'n staen tywyll.

"Mi roddodd ei ffrind hwn inni yn yr angladd, roedd o'n ei wisgo pan fu… a fedra i ddim ei olchi…" ceisiodd y fam yn y cartref hwnnw egluro. Roedd y *beret* ochr yn ochr â lluniau o'i mab yn ei lifrai, yn gefnsyth â gwên hyderus ar ei wyneb.

Na, ni wnaeth y swyddog gymhariaeth gyda rhieni bechgyn na ddaethon nhw adre, ond gadawodd gartref y gweinidog wedi ei synnu braidd.

Ni allai Dad ddweud dim. Roedd pawb yn yr ardal yn gwybod imi fod yn y rhyfel a byddai gwadu hynny neu fy ngwrthod yn golygu colli wyneb, a fyddai o fyth am i hynny ddigwydd. Ar y Falklands yn San Carlos gyda'r llong yn llosgi'n y cefndir, roedd camerâu teledu wedi fy ffilmio yn gadael y llong gan gario milwr arall yn fy mreichiau, ac roedd gohebydd craff o bapur lleol wedi fy adnabod a chyhoeddi stori dudalen flaen. Sut fedren nhw ei wadu? Fyddai'r stori imi fynd i weithio ar *kibbutz* yn Israel yn ddeunaw oed ddim yn dal dŵr bellach.

*   *   *

Fy ngwobr gan y fyddin oedd dwy fedal – un efydd ac un arian. Roedd y ddwy mor ddiwerth â'i gilydd. Oriawr gefais i gan bobol yr ardal, a'r wobr honno yw 'nghosb i bellach; fy nghosb a fy ngelyn pennaf. Wrth i fysedd yr oriawr garlamu drwy oriau'r dydd, rwy'n chwys oer wrth aros hunllefau'r nos. Ceisiais gymorth gan fy nhad. Pnawn Sul chwithig arall oedd hi a finnau wedi gorfodi fy hun i beidio â mynd allan i yfed y noson gynt. Arhosais yn fy ystafell gyda'r hen luniau pêl-droed o'r saithdegau yn dal i fod ar y waliau, i yfed fodca. Dim ond hwnnw fyddwn i'n ei yfed gan na fyddai arogl ar fy ngwynt y diwrnod wedyn. Cydgerddwn â 'Nhad i'r gwasanaeth am y tro cyntaf ers pedair blynedd. Roedd ei bregeth yn debyg os nad yn union yr un fath â'r un y bu iddo'i thraethu adeg Nadolig '79 pan lifodd byddin Rwsia dros ffiniau Affganistan. Trugaredd at gyd-ddyn oedd y neges bryd hynny a heddiw hefyd, ac y dylen ni beidio anghofio am y rhai llai ffodus a oedd mewn helbul.

Roedd yn ceisio twyllo'r gynulleidfa gysglyd i gredu bod ei neges yn newydd a chyfoes. Dysgais yn gynnar mai stoc fechan o bregethau oedd ganddo mewn gwirionedd, a'r rheiny mewn bocs ffeilio sydd bellach wedi colli ei liw. Gadawai fylchau yn y nodiadau er mwyn ychwanegu enwau neu ddigwyddiadau amserol, ac roedd i'w weld yn llwyddo i daflu llwch i lygaid ei gynulleidfa. Ond os nad oedd ei fab ei hun am dynnu sylw at undonedd ei bregethu, nid oedd ei braidd am wneud, roedd hynny'n sicr. Roedd y gweinidog yn rhan o wead y gymuned a'i fab bellach yn arwr rhyfel.

Dychwelai 'Nhad adref o'r capel gan lanhau'r ffwlsgap melyn yn ofalus gyda chwalwr rwber fel bod y bregeth yn barod at y tro nesaf y dymunai ei hatgyfodi. Byddai'n codi'n araf o'i gadair felfed gan ddal y papur o'i flaen a'r geiriau wedi eu chwalu oddi yno fel cyrff anghyfleus, cyn chwythu briwsion y chwalwr i'r tân. Aeth fy artaith innau i'r tân ar eu holau, gan nad oedd fy nhad yn barod i wynebu fy mhoen, er bod hwnnw'n fy nifa. Ceisiais fy ngorau i'w gyrraedd, ond yn ofer. Doedd dim yn tycio. Roedd Mam hefyd yn anfodlon mynd i'r afael â'r uffern a oedd yn bygwth fy nhraflyncu, gan ddweud mai mater i 'Nhad oedd hyn ac nad oedd hi am dynnu'n groes iddo. Ceisiais unwaith eto.

"Dad, dwi'n stryglo braidd… dwi jest ddim yn teimlo'n iawn. Dwi ddim yn teimlo fel fi fy hun. Dwi ddim yn gwybod be i'w wneud…" Roeddwn yn gwthio fy nwy law drwy fy ngwallt gan gerdded yn ôl a 'mlaen o flaen y ffenest. Roedd y geiriau a'r cyfaddefiad yn ymdrech imi.

"Dwi'n dal yn methu dallt pam wnest ti ymuno yn y lle cynta," oedd ei ymateb. "Be oedd ar dy ben di, d'wad? Ond dyna ni, dy ddewis di oedd hynny a dwi'n amau 'mod i'n gwybod beth oedd y tu cefn i dy benderfyniad. Dydw i ddim yn wirion." Edrychodd arna i. "Ti wedi fy siomi i erioed – dim owns o waith caled ynddat ti yn yr ysgol, ac yna rhedeg i ffwrdd i'r fyddin i geisio codi cywilydd arna i. Wel, mi fethodd hynny, yn do, fel popeth arall rwyt ti wedi trio'i wneud." Plygodd ei bapur newydd a'i osod ar ochr y gadair. "Mae'n amser iti symud ymlaen a chael gwaith. Edrycha ar dy daid. Bu hwnnw yn y rhyfel am bum mlynedd a dod adref a byw bywyd heddychlon heb gyffwrdd mewn diod."

Fy nhaid. Clwyfwyd hwnnw yn angheuol er iddo osgoi pob bwled, bom a bidog draw yn uffern y Dwyrain Pell, cyn ei daflu i garchar bambŵ yn Burma. Beth bynnag ddigwyddodd iddo yno, chysgodd o fyth noson gyfan wedyn, meddai Nain, a wnaeth hi fyth faddau i'r 'Japs'.

Daeth Taid adref yn araf bydru o'r tu fewn, gan wanychu bob blwyddyn nes i glefyd y pryfyn ei ladd bymtheg mlynedd yn ddiweddarach. Mi fydda i'n meddwl weithiau i'w dynged o fod yn decach na fy un i. Roedd diwedd i'w gaethiwed o. Wela i ddim dianc o'r gell yma sydd yn fy araf wasgu bob nos fel gwregys diogelwch mewn damwain sy'n gwneud unrhyw beth ond fy arbed.

Na, does dim dianc. Weithiau mae'r düwch yn gyfaill sy'n taenu esmwythder fel blanced amdana i, ond wedyn byddaf yn deffro drachefn gyda 'nyrnau wedi eu cau yn dynn a'r chwys yn tagu fy anadl. Tra 'mod i'n dal i anadlu, all y boen byth fod ar ben.

Pennod 19

Roedd hi wedi addo galw heibio yn syth wedi iddi orffen yn y swyddfa ond ddaeth hi ddim. Ar ôl dwy awr o smocio a chnoi gwinedd mi godais y ffôn a rhoi 'mys yn y twll cyntaf gan droi olwyn y deial. Canodd y ffôn deirgwaith cyn cael ei godi'r pen arall. Hi atebodd. Bron na allwn weld ei hwyneb yn crychu wrth iddi adnabod fy llais. Ceisiais sgwrsio am bopeth dan haul er mwyn ymestyn yr alwad, ond tynnu'r sgwrs i'w therfyn wnaeth hi.

"Gwranda, ma rhywun wrth y drws, mi wela i di ddydd Iau ar ôl i fi orffen yn y swyddfa, iawn?" Roedd natur swta ei chwestiwn rhethregol yn ei gwneud yn glir nad oedd yn disgwyl nac eisiau ateb. Fel arfer agorai'r drws gan ddal ati i sgwrsio a chwerthin pe bai rhywun yn galw a hithau ar ganol galwad. Ond nid heno. Rown i ar fin ffonio'n ôl pan agorodd fy nhad y drws a cherdded i mewn gan ddwyn chwa o wynt oer i'w ganlyn o'r stryd dywyll. Nid oeddwn am iddo fo o bawb fy nghlywed yn ymbil a baglu siarad ar y ffôn.

Roeddwn yn teimlo'n sâl, a'r siom yn un stwmp ar fy stumog, felly mi es allan i'r stryd. Roedd hi'n bwrw'n drwm a goleuadau'r strydoedd yn taflu cysgodion hir o fy mlaen a heibio'r ceir wrth imi gerdded i fyny'r allt. Troais i'r dde i Stryd Treharne a chyrraedd y Prince of Wales. Sarah oedd yn gweithio heno, a phwysai ar y wal y tu ôl i'r bar. Hi oedd yr unig ferch yno. Fel arall criwiau o ddynion o bob oed oedd yn bresennol, yn ifanc a chanol oed, a chriwiau bach tawel o hen ddynion yma ac acw. Y cwrw Brains rhataf fyddai pawb yn ei yfed fel arfer. Tan imi ddechrau caru ddeufis ynghynt roeddwn wedi bod yn un ohonynt – yn un o'r criw mwyaf ffyddlon. Dydw i ddim yn ffŵl, a dwi'n deall bod meddu ar bensiwn wedi dioddef anaf yn y fyddin yn fy ngwneud yn gwmni yfed deniadol, ac roeddwn felly i 'nghanfod gan amlaf yng nghanol criw mwyaf bywiog y dafarn.

Cerddais at y bar pren a welodd ddyddiau gwell lle roedd ambell ddarn o farnish yn dal ei afael yma ac acw, ac yn tystio i'r lle – a'r ardal, o ran hynny – fod yn fwy llewyrchus un tro. Ond roedd y dyddiau hynny wedi hen fynd. Roedd y lle'n llawn cysgodion y lampau gwan, a phacedi creision oedd yr unig beth a oedd ar werth yno heblaw am gwrw rhad a sigaréts rhatach.

Gorffwysai breichiau'r dynion ar y byrddau crwn o bren golau wrth iddynt siarad yn isel â'i gilydd. Roedd darnau o bapur a matiau cwrw wedi eu stwffio dan y coesau sigledig i geisio arbed y peintiau cwrw gorlawn. Glynai fy nhraed i'r llawr wrth gerdded fel petai'r lle yn garped o gwm cnoi, yn atgof o benwythnosau gwyllt y gorffennol. Yfed i anghofio fyddai'r dynion yma erbyn hyn, nid i ddathlu gorffen shifft dan ddaear gyda'u ffrindiau. Bellach, doedd neb yn gwneud fawr mwy nag yfed yn drwm, ac roedd ambell un yn ceisio ymladd, er mai aflwyddiannus fyddai'r ymdrechion oherwydd eu bod yn rhy chwil i wneud dim mwy na disgyn yn drwsgwl a rhegi. Roedd y dynion yn dal i dreulio oriau wrth y bar, ond fyddai'r lle fyth yn orlawn bellach.

"Dal dim gwaith, felly," mentrais, gan eistedd wrth fwrdd criw yr oeddwn i wedi dod i'w hadnabod yn weddol dros y misoedd cyntaf ar ôl gadael y fyddin. Nid 'mod i'n eu hadnabod yn dda chwaith; cyfeillion yfed oedd y rhain – doedd yr un ohonyn nhw'n gweithio.

"Dim sôn am ddiawl o ddim, was. Ma'r Toris yffarn 'ma wedi chwalu pob pwll sy'n mynd. Dyw e'n ddim help bod record 'da fi chwaith, o achos y blydi streic."

Jon 'the Cap' Thomas atebodd fi gyntaf, fel arfer. Welais i erioed mohono'n gwisgo cap, chwaith. Casgen o gyn-bêl-droediwr oedd Jon nad oedd byth yn eillio ac a fu unwaith ar lyfrau Chelsea yn ôl y sôn, neu efallai Arsenal – un o glybiau mawr Llundain, beth bynnag. Byddai'r clwb a'r stori yn newid fel y gwynt. Fe enillodd bedwar cap yn chwarae i dîm ysgolion Cymru, a chydiodd y llysenw a glynu'n barhaol wedi iddo wisgo'r cap melfaréd coch pan oedd yn feddw un noson wrth y bar. Wrth ei weld yn yfed yn drwm ar ei benblwydd yn ddeunaw oed mi ddywedodd un hen ddyn wrtho, mae'n debyg, mai'r unig gap arall y byddai'n ei wisgo fyddai'r 'Dai cap', neu'r cap stabal, chwedl Taid.

"Does neb yn mynd i weithio yma byth eto," meddai Jon. "Maen nhw newydd gau tri pwll *deep mine* Treherbert hefyd. Oni bai bod plant 'da fi fe fydden i'n symud o'r diawl lle." Clywais ambell un arall yn cytuno'n dawel, er mai'r pellaf fu yr un ohonyn nhw oedd trip i Baris i weld y rygbi yn '79 ar ôl gweld y ffilm *Grand Slam*.

"Hei! Gwrandwch! Fe wnewch chi hoffi'r stori yma, bois," meddai un o'r cyn-lowyr, gŵr o'r enw Andy. Dim ond wyth ar hugain oed oedd o, ond roedd ei wyneb wedi ei reibio'n barod gan alcohol, nes iddo chwyddo a chochi gyda gwythiennau mân ar hyd ei fochau. Torrodd ei gefn mewn damwain yn y pwll flwyddyn cyn y streic ac roedd ganddo bensiwn o fath i gadw cwmni iddo ac i gadw ei gyfeillion yn agos.

Câi ei fol ei wasgu gan ei felt pan gerddai a gorlifai i bob cyfeiriad pan eisteddai. Byddai wrth ei fodd yn cario straeon, yn enwedig rhai am drafferthion pobol eraill. Ar un adeg fe fu'n boblogaidd, ond roedd yr yfed wedi cydio ynddo bellach gan yrru nifer o'i hen gyfeillion i chwilio am gwmni newydd. Ac yntau'n gweld fy mod wedi troi fy sylw i'w gyfeiriad o, pwysodd ymlaen gan chwifio'r mwg sigarét o'i wyneb a gosod ei wydr o'i flaen.

"Roedd Johnny yma neithiwr, chi'n gwybod, yr *estate agent* fflash 'na…" ond torrodd Jon 'the Cap' ar ei draws:

"Be oedd e'n neud man hyn, ar goll oedd y clown?"

"Gwranda a fe gei di wybod." Gwagiodd Andy ei wydr. "Reit, fe alwodd mewn, ac os ti moyn gwybod, dod â manylion tŷ newydd i fi oedd e. Ond fe wnaeth e sôn am y ferch ddiweddara mae e wedi bod yn sgorio 'da hi. Chi'n bownd o wybod pwy yw hi, mae'n gweithio yn y Co-op yn Quakers Yard. Blond a diawl o siâp da arni. Mae'r hen gadno wedi bod yn trio gyda hon ers sbel, gosod y sylfeini ac ati, bod yn neis, dangos diddordeb…"

"Sut ti'n gwybod? Oni bai am dy fam yn gweiddi 'Bwyd yn barod' a Sarah'r *barmaid* fan hyn yn dweud 'That'll be seventy pence, please, del', ti ddim wedi siarad gyda merch ers i ti adael ysgol!" Jon Thomas oedd hwn eto, yn torri ar draws Andy, a hwnnw'n edrych fel petai am ffrwydro a rhoi slap i Jon unrhyw funud. Roedd hon yn olygfa gyfarwydd.

"Wyt ti am wybod yr hanes yma neu beth? Neu ti moyn slap sydyn yn dy wyneb?" cynigiodd Andy. Bu distawrwydd gan Jon, a oedd yn amlwg yn awyddus i glywed gweddill y stori, ond o'r hanner gwên ar ei wyneb roedd hi'n amlwg ei fod yn disgwyl ei gyfle i dorri ar ei draws eto. Roedd un hanner ohona i am iddo wneud, gan nad oeddwn wir am glywed diwedd y stori. Roeddwn yn gwybod bellach beth oedd i ddod.

"Wel, rhyw bythefnos yn ôl fe welodd e'r ferch yn y stesion yn aros am drên ar ôl stop tap, ac fe aeth ar yr un trên â hi yn ôl lawr i Bontypridd." Gwelwn rai o'r bechgyn yn edrych ar ei gilydd.

"Ond dwi'n siŵr bod car 'da fe, hen XR3i *flashy*, un gwyn gyda streips coch a *soft top*, fi'n meddwl," meddai Darren.

"Oes wir, ond dyna be chi'n galw'n feistr wrth ei waith," meddai Andy, gan godi ei wydr. "Fe fu raid iddo fe gerdded yr holl ffordd adre, ond roedd e wedi cael ei rhif ffôn hi. Roedd e'n ddigon parod i gamblo, ac fe lwyddodd hefyd.

Fe gafodd e ei ffordd y noson wedyn, ac ar y trên hefyd!" Erbyn hyn roedd nifer o'r hogiau yn chwerthin, ac yn edrych ar ei gilydd gydag edmygedd wrth gydnabod cyfrwystra perchennog y car gwyn.

"... ond tro 'ma roedd e wedi parcio ei gar ym Mhontypridd yn y pnawn. A mae e wedi ei gweld hi bob amser cinio ers hynny – gneud e'n bob man, medde fe. Hyd yn oed yn stordy'r Co-op!" Cododd ei wydr a sugno gweddill y ddiod fflat i'w geg a'i lyncu'n swnllyd ac araf, gan wybod bod sylw pawb ganddo bellach, hyd yn oed Jon.

"Hei, dwi heb orffen 'to, bois," meddai, gan sylwi ei fod ar fin colli ei gynulleidfa ac unrhyw obaith am beint am ddim. "A ch'mod beth? 'Sda'i chariad hi ddim syniad!" meddai gan glecian ei wydr gwag ar y bwrdd yn galed i bwysleisio ergyd y stori, a thaflu ei ben yn ôl i chwerthin. Am ryw reswm roedd gweddill y criw hefyd yn meddwl bod hyn yn ddoniol, ond roedd y cariad yn teimlo'n wahanol, wrth gwrs. Codais, a gadael.

"Iesu, be sy'n bod arnat ti, Stephen, *shell shock* neu beth?" gofynnodd Andy dan gilwenu. Gwelais adlewyrchiad fy wyneb yn y drych uwchben y bar; roeddwn yn wyn a theimlwn fy nwylo'n crynu yn fy mhocedi. Allwn i ddim cael fy ngwynt ataf ac roedd y chwys yn dechrau pigo fy nhalcen. Codais a cherdded at y drws gan ddefnyddio fy nwy law i'w agor, cyn dianc i'r nos o sŵn y chwerthin. Roedd Andy'n gwybod yn iawn beth oedd fy hanes i a'r ferch.

"Hei, smo ti wedi cwpla dy beint," gwaeddodd Darren ar fy ôl cyn i'r drws gau. Clywais Andy'n dweud, "Ga i e, felly," wrth imi ddianc i'r stryd.

Cofiaf faglu i'r tywyllwch ond welwn i ddim byd ond hi yn cusanu ac anwylo rhywun arall. Roedd fy nghalon yn rasio a fy llygaid yn llosgi. Roedd ciosg ar ben draw'r stryd a gwthiais ddarn deg ceiniog i'r hollt ar ôl clywed llais ar y pen arall. Gofynnais am gael gair gyda hi.

"Dyw hi ddim yma," meddai ei mam dros sŵn y teledu. "Fi'n credu ei bod hi ar y ffordd draw i dy weld di." Roedd y fam wedi fy nghasáu erioed, ond roedd medal ac ambell lun yn y papurau lleol wedi cynhesu rhywfaint ar ei hagwedd tuag ata i. "Wyt ti wedi clywed sôn am waith?" holodd yn goeglyd fel arfer, ond drwy ryw drugaredd torrodd sŵn y pips ar draws ei chwestiwn pigog.

Es adre, gan nad oedd unlle arall i fynd. Roedd newyddion ITN yn gorffen pan ganodd cloch y drws. Safai Marie yno, a chlywn injan car yn diffodd y tu ôl iddi ar y stryd.

"Gawn ni siarad?" meddai hi. "Ond nid yn fan hyn." Dechreuodd y dagrau lenwi ei llygaid. Gallai hi wneud hynny ar amrantiad i gael ei ffordd ei hun neu i guddio celwydd. Camais dros y rhiniog i'r stryd a theimlo'r oerni drwy fy nghrys tenau er gwaetha'r alcohol rown i wedi'i yfed.

"Ma rhaid i ni gwpla. Rwy' wedi cael digon, a ti byth yn mynd â fi i unman. A fe ddywedodd Mam iti ffonio heno. Ti wedi embaraso fi." Nid oeddwn yn medru teimlo dim na symud bys. Dechreuais ddweud wrthi fy mod i'n maddau iddi am y dyn arall ac nad oedd hynny'n bwysig – y gallen ni gychwyn eto.

"Mi wna i newid, mi fydd petha'n well," meddwn, er mai hi oedd angen newid mewn gwirionedd. Teimlwn yr angor brau olaf yn llacio. Syllodd hi'n syn arna i. Nid dyma'r oedd hi wedi ei ddisgwyl. Clywais ddrws car yn agor a chau'n glep.

"Allwn ni ddim. Ma'n rhy hwyr. Rwy' wedi cwrdd â rhywun arall a does dim pwynt siarad mwy. Ma fe drosodd." Camais i'r ochr ac edrych ar hyd y stryd. Doedd neb yno oni bai am gysgod dyn yn sefyll tua ugain llath i ffwrdd wrth gar gwyn a ddisgleiriai yn y glaw.

"Oes unrhyw beth alla i wneud i newid dy feddwl?" gofynnais, a'm stumog yn corddi fel petawn ar fin camu ar draeth San Carlos. Roedd hi bellach yn cerdded oddi wrtha i tuag at y car.

"Ti siŵr o fod yn gwybod nad yw pethe wedi bod yn iawn ers wythnose. Sai'n dy nabod di, a fi wedi gofyn iti fwy nag unwaith i stopo yfed." Bellach roedd hi wrth y car ac roedd y cysgod yn eistedd tu ôl i'r llyw.

"Gobeithio dy fod ti'n gwybod fod Johnny wedi dyweddïo!" gwaeddais, gan roi un ergyd olaf wrth iddi agor drws y car. Efallai wir ei fod o wedi sgorio, ond o leia mi fyddai dipyn bach o waith egluro ganddo heno. Ond wrth gau drws y tŷ, teimlwn yn wag. Dim ond gwely a hunllefau fyddai'n fy nisgwyl i fyny'r grisiau, a neb bellach i rannu fy ngofidiau â nhw.

Pennod 20

Roedd yn gas ganddi fod yn hwyr, ond doedd dim dewis ganddi gan fod yr heddlu yn clirio gweddillion damwain rhwng beic modur a char. Nid oedd y swyddogion tân wedi cael cyfle eto i chwistrellu'r ffordd, ac yn fflachiadau goleuadau glas y ceir gwelai'r gwaed wedi sychu yn bwll tywyll dros y llinell wen ar ganol y ffordd. Bu sawl damwain ar y ffordd brysur hon dros y blynyddoedd, yn enwedig yn y nos.

Safodd yn rhynnu yn oerfel Rhagfyr, ei gwallt hir du a gafodd ei gyrlio y bore hwnnw wedi ei warchod o dan goler ei chôt hir. Roedd yr esgidiau sodlau uchel yn ei gwneud hi bron yn dalach na'r ddau heddwas ddaeth draw i siarad, gan drio'u lwc a cheisio cael cipolwg ar ei llaw chwith. Ond roedd hi wedi deg o'r gloch, a doedd fawr o amynedd ganddi gyda'r ddau a hwythau am y gorau i ddangos eu hunain.

Cyrhaeddodd yr ysbyty dros hanner awr yn hwyr a chafodd hi ddim cyfle i edrych hyd yn oed yn frysiog ar y ffeil o dan ei braich nes ei bod yn y lifft. Stephen Andrews oedd enw'r claf diweddaraf – cyn-aelod o gatrawd y Paras, a enillodd y Military Medal am ei wrhydri mewn brwydr ger Goose Green yn y Falklands lle cafodd ei glwyfo. Mi fynnodd geisio ailymuno â'i gatrawd a dyna sut y cafodd ei hun ar long y *Sir Galahad* pan gafodd honno ei bomio. Mi gafodd anafiadau i'w ben a llosgodd ei ddwylo a'i gefn a chreithio ei ysgyfaint fel y bu'n rhaid iddo adael y fyddin. Ond y creithiau meddyliol oedd wedi cael yr effaith ddwysaf arno. Nid oedd y rheiny wedi gwella byth, ac roedd ei gyflwr yn gwaethygu. Roedd o'n methu cysgu, yn gorymateb yn ymosodol i sefyllfaoedd cyffredin, yn ymladd ac yn yfed yn drwm. Roedd hyn oll yn cyd-fynd â'r rhestr o symptomau a oedd wedi eu cofnodi gan feddygon fu'n trin cyn-filwyr Fietnam yng Nghanolfan Feddygol Walter Reed yn America ers dechrau'r saithdegau.

Roedd ei gefndir yn anarferol i filwr cyffredin, meddyliodd hithau, wrth edrych ar ei record. Daeth o deulu dosbarth canol, cyfforddus, er nad oedden nhw o angenrheidrwydd yn gefnog. Y tad yn Athro Diwinyddiaeth ym Mhrifysgol Caerdydd yn ogystal â bod yn weinidog gyda'r Bedyddwyr. Record addysgol dda, y radd uchaf ymhob pwnc Lefel O a Lefel A heblaw am Ffrangeg. Ond mi ymunodd â'r fyddin ar ei ben-blwydd yn ddeunaw oed, a hynny fel milwr cyffredin yn Awst '81. Cofiodd Roberta iddi hi dreulio Awst yn Eisteddfod Machynlleth cyn hedfan am wythnos i ddiogi ar ynys Antiparos.

Rhyfedd iddo ymuno ar y rheng isaf, meddyliodd, ac nid fel swyddog fel y gallai fod wedi gwneud. Ysgrifennodd nodiadau yn sydyn mewn pensil yn ei llaw fer anffurfiol. Roedd yn cofnodi popeth mewn llaw fer rhag ofn i glaf gael cipolwg ar y ffeil.

Ei brif gŵyn oedd ei fod yn methu â chysgu, ac roedd o wedi torri i lawr ddwywaith yn barod gan ddweud ei fod yn clywed lleisiau – symptom cyffredin i rai oedd yn methu cysgu. Mater o amser oedd hi cyn y byddai'n gwaethygu ac y byddai ei fywyd mewn perygl wrth i'r diffyg cwsg ei wanhau yn gorfforol ac yn feddyliol. Dioddefai freuddwydion lle roedd dynion yn llosgi i farwolaeth o'i gwmpas. Mae'n rhaid bod euogrwydd yn ei lethu, meddyliodd, am iddo lwyddo i oroesi. Nid oedd wedi cyfaddef hynny wrthi hi eto, ond fe welai fod nifer o filwyr o'r un gatrawd ag o wedi eu lladd yn y rhyfel. Tan heno roedd o wedi gwrthod unrhyw driniaeth, er iddo gael ei arestio sawl gwaith am feddwi ac ymladd. Llwyddodd ei record filwrol i'w gadw o'r llys hyd yn hyn.

"Mae o'n colli arno'i hun ac yn anniddig iawn, a dydy o ddim yn aros yn llonydd er gwaetha'r cyffuriau, gan ddweud fod angen siarad efo rhywun heno," meddai'r nyrs wrth Roberta ar y ffôn. Roedd dau gyn-filwr wedi crogi eu hunain yn y sir y mis hwnnw'n barod ac roedd y tîm o seicolegwyr wedi creu cynllun i ddelio â'r broblem. Gan fod Stephen ar restr y rhai oedd wedi eu hadnabod fel pobol oedd 'mewn perygl', roedd yn rhaid cwrdd ag o, a hi oedd ar y rota heno. Agorodd y drws a chamu i'r ystafell. Gwisgai'r gŵr ifanc gôt hir werdd fel y rhai a welsai hi ar filwyr mewn lluniau o'r Rhyfel Byd Cyntaf. Eisteddai ar y gadair bren yn ei swyddfa ymgynghori, a chododd gan estyn ei law iddi. Roedd creithiau llosg ar ei ddwylo ac fe gyffyrddodd hi â'i law yn ysgafn.

"Helô, Mr Andrews, fi ydy Dr Roberta Jones," meddai, gan osod y ffeil ar ei desg. Diolchodd iddi ei hun ei bod wedi ei chlirio. Roedd blodau plastig gwyn mewn pot ar y bwrdd gwydr a thaflodd gip sydyn eto ar y ffeil. Na, nid oedd y dyn yma'n beryglus, nac wedi codi llaw na bygwth neb yn yr ysbyty. Ond symudodd hi'r gadair fymryn yn nes at y drws, rhag ofn.

"Dr Jones, diolch yn fawr i chi am alw heibio ganol nos fel hyn." Llais tawel oedd ganddo ac eisteddai ar flaen ei gadair. Sylwodd hi fod ei ysgwyddau wedi eu codi mor uchel nes bron cuddio ei wddf.

"Amser diddorol i'w ddewis. Chi ydy'r cyntaf imi erioed ymweld ag o yng nghanol y nos!" atebodd gan geisio gwneud iddo ymlacio, a gosod y ffeil o'i blaen.

"Mae'n ddrwg gen i am hynny, a dwi'n gwerthfawrogi bod hyn yn amser anarferol, ond mae gen i fy rhesymau." Anadlodd unwaith, ddwywaith, cyn ailddechrau siarad, a hynny'n arafach erbyn hyn. "Dwi'n casáu'r nos. Mae'n codi ofn arna i bob dydd, yr aros amdano fo, a phan fydda i wedi gwella digon i adael y lle yma dwi am fynd i fyw i ddinas lle nad oes neb yn cysgu." Cododd hi ei dwy law oddi ar y ddesg i wneud arwydd arno i bwyllo a distewi.

"Cofiwch, o be dwi'n ei ddeall does ond rhaid dal ati i gymryd y tabledi sydd ar y presgripsiwn, ac mi fyddwch yn iawn. Dylai hynny, gydag amser, eich helpu i gysgu'n ddidrafferth." Ond roedd Stephen yn ysgwyd ei ben.

"Sut y byddech chi'n delio gydag atgofion fel hyn? Atgofion o gyrff ffrindiau a chyd-filwyr yn llosgi'n fyw?" Caeodd ei lygaid. "Mi wela i un rŵan, y croen a'r cyhyrau ar ei goes wedi eu bwyta gan y fflamau nes fod yr asgwrn yn curo ar y llawr wrth iddo ysgwyd i farwolaeth. Mi wnes i anadlu eu llwch a'u gweddillion i'm hysgyfaint. Mi fyddan nhw efo fi am byth rŵan. Maen nhw'n rhan ohona i – yn llythrennol."

Llanwodd ei lygaid â dagrau dicter a phoen. Roedd ei gorff yn crynu ac yn ysgwyd fel petai'r atgofion wedi ei feddiannu.

Pennod 21

Roedd Roberta yn flin ei bod wedi ei galw o'i chartref yn hwyr yn y nos unwaith eto, felly pan welodd ddau gar heddlu drwyn wrth drwyn ar draws y ffordd, gwasgodd yr olwyn yn dynn. Fflachiai'r goleuadau glas gan daflu golau a chysgodion am yn ail dros y ffordd. Safai dau blismon o flaen y ceir. Am eiliad fer dychmygodd ei bod yn cyflymu ac yn gyrru amdanynt nes eu bod yn gorfod taflu eu hunain i'r llawr. Gwenodd. Cododd un o'r plismyn ei law arni. Gwelai dair streipen wen ar ei lawes ddu uwch ei benelin. Arafodd cyn aros, ac yna agorodd y ffenest.

"*Routine check* am *strikers*," meddai. "Agorwch y bŵt os gwelwch yn dda. Ble ydych chi'n mynd?" gofynnodd gan edrych dros ei hysgwydd ac i'r sedd gefn.

"Fel y gwelwch chi o'r bathodyn yn y ffenest, dwi'n feddyg ac ar fy ffordd i'r ysbyty. Ac mae'n lwcus nad ydy 'nghlaf i'n *critical* neu mi fyddai'r sioe yma yn gallu peryglu bywyd." Daliodd i edrych ar y ffordd. "A dwi ddim yn siŵr be ydach chi'n disgwyl ei ganfod mewn bŵt Mini – pigmi neu ddau, ella?" Trodd i edrych ar y plismon gan hanner gwenu a chodi ei haeliau. "Neu ella bod y streicwyr yn cuddio yng nghefn y car ac ar eu ffordd i'r ysbyty ganol nos i gael cyngor meddygol?" meddai gan edrych ar ei horiawr.

"Dim ond gwneud ein gwaith ydyn ni, Doctor, jest fel chi," meddai'r sarjant yn amddiffynnol. Acen Casnewydd oedd ganddo – roedd wedi ei ddrafftio i'r ardal fel sawl un arall. Penderfynodd y cwnstabl ychwanegu, "Dilyn ordors ydyn ni, dyna'r cwbwl."

Prin fod amddiffyniad y sarjant a'r cwnstabl mai 'dim ond gwneud eu gwaith' oedden nhw yn haeddu ateb.

Gwingai wrth feddwl am deuluoedd y streicwyr. Methodd â brathu ei thafod.

"Rydach chi i fod i helpu pobol a chadw cyfraith a threfn, ond dydach chi'n ddim byd mwy na chŵn bach i Thatcher a'r Toris erbyn hyn. Dylai fod cywilydd arnoch chi am helpu i erlyn y glowyr fel hyn. Ac mae'n siŵr nad ydach chi'n poeni dim chwaith cyn belled â'ch bod chi'n cael *overtime*." Edrychai'r ddau yn rhyw led euog arni, ond mi fynnon nhw agor y gist a goleuo cefn y car gyda'u fflachlampau cyn gadael iddi fynd heibio.

"Does dim amser gen i i'w wastraffu, dwi ar y ffordd i ofalu am glaf –cyn-filwr sydd angen fy help." Chwifiodd y sarjant ei law i ddangos ei bod yn cael mynd yn ei blaen.

Roedd y shifft nos yn drwm. Byddai'n falch o gael y nosweithiau'n rhydd eto, ond byddai'n gweld eisiau sgwrsio gyda Stephen, y cyn-filwr a oedd ar fin cael ei ryddhau, er nad oedd wedi gwella'n llawn chwaith, yn ei barn hi. Cymerodd wythnosau i'w gael i ddatgelu'r hyn a welodd ac a wnaeth. Parciodd y car a cherdded yn gyflym i'w hystafell.

"A sut mae pethau adre? Gyda'ch tad, dwi'n ei feddwl," meddai'n sydyn wrth dynnu'r papurau o'i bag ar gychwyn y sesiwn.

"Ddim yn rhy ddrwg, diolch i chi am ofyn. Tydi 'Nhad heb fod yr un fath ers i Mam farw a does ganddo fawr i'w ddweud wrtha i nac wrth neb arall y dyddiau yma, er, dwi'n siŵr y byddai o fwy o fudd iddo fo ddod draw am sgwrs gyda chi na gyda fi. Ond dyna fo, dydy o erioed wedi gwrando ar neb. Roedd Taid yn gwrthwynebu iddo fynd i'r weinidogaeth, ond wnâi o ddim gwrando." Eisteddai Stephen ar y gadair blastig oren yr ochr arall i'r ddesg.

"Ydach chi wedi llwyddo i ganfod gwaith, Mr Andrews? Efallai y byddai cyswllt rheolaidd gyda phobol eraill yn help i chi."

"Mae'r drwydded lorïau trymion yn dal gen i, er na fyddwn i'n meiddio gyrru mwy o lo i'r gorsafoedd. Roedden nhw'n gyfrwys iawn yn gwneud hynny y llynedd." Sylwodd Roberta fod tinc o chwerwder wedi treiddio i'w lais yn sydyn, a dicter yn llenwi ei lygaid. Roedd y meddyg yn gwrando'n astud.

Roedd hi wedi delio â hanner dwsin o gleifion yn barod yn ystod y dydd, cyn mynd adref a dod yn ei hôl wedyn i weld y milwr ifanc, ac felly roedd hi wedi blino. Efallai mai dyna oedd i gyfrif am iddi fethu ag adnabod ambell beth y dylai hi fod wedi eu hadnabod. Ambell beth a allai fod wedi canu digon o glychau iddi fod wedi sylweddoli bod Stephen bellach ar y dibyn. Dyna, o leiaf, oedd ei theimladau rai wythnosau yn ddiweddarach wrth edrych yn ôl, er na soniwyd am hynny yn yr adroddiad swyddogol chwaith.

"Fedrwch chi ddisgrifio eto be ddigwyddodd ar long y *Sir Galahad*? Byddai digwyddiad o'r fath yn ddigon i gael effaith ddwys ar unrhyw un," meddai. "Dwi ond yn holi am fod ailadrodd y stori neu'r profiadau yn gallu helpu i'w lleihau, neu eu normaleiddio."

"Be ydach chi'n feddwl sydd yn bod arna i?" gofynnodd Stephen gan anwybyddu ei chwestiwn. Roedd bagiau tywyll o dan ei lygaid ac roedd ei groen yn wyn ac wedi crebachu ar esgyrn ei wyneb. Roedd ei fysedd yn crafu cledrau ei ddwylo a oedd o'r golwg o dan y bwrdd.

"Dim ond dechrau deall effeithiau tymor hir PTSD, neu *post-traumatic stress disorder*, ydan ni. Mi wnaeth yr Americanwyr dipyn o waith ar hyn yn ystod ac ar ôl rhyfel Fietnam," meddai a chododd lyfr clawr caled oedd ar ei desg. "*Shell shock* oeddan ni'n arfer galw'r cyflwr yma, pan mae profiadau erchyll yn cael eu claddu yn yr isymwybod. Y gymhariaeth symlaf fedra i ei rhoi i chi ydy'r ddelwedd o fath neu sinc yn llenwi gyda dŵr. Pan fydd yn orlawn mi fydd yn dechrau gorlifo, dim ond ychydig i gychwyn ac yna fe fydd yn cynyddu a gwaethygu." Pwysodd Stephen ymlaen. "Cymrwch eich amser. Does dim brys, cofiwch, ac mae hyn fel arfer yn cymryd amser, sy'n beth naturiol." Ond hanner gwenu ac edrych ar y to gan ysgwyd ei ben wnaeth Stephen. "Beth sydd ar eich meddwl, Mr Andrews? Fedrwch chi ddisgrifio sut ydach chi'n teimlo wrth ddwyn yr atgofion yma yn ôl?"

Rhwbiodd ei lygaid gyda chefn ei ddwylo cyn crafangu ei wallt a'i ddwylo'n ddau ddwrn.

"Dyma 'di 'mhroblem i. Dwi ofn cysgu, achos mae o'n disgwyl amdana i. A nhw hefyd." Sylwodd arni'n gwneud nodyn. "Sôn am yr hunllefa ydw i, nid creaduriaid dychmygol yn fy mhen. Dwi'n hoffi cyfeirio atyn nhw fel lleisiau fy ngorffennol. Lleisiau fy nghydwybod, ella, yn mynnu fy sylw i. Dwi wedi trio popeth, ond maen nhw'n rhy gyfrwys. Yn rhy gryf. Dwi ddim yn credu y gallwch chi na neb arall eu distewi nhw'n llwyr, ond mae'n braf cael cwmni. Falla bydd hi'n haws delio efo nhw os bydd mwy nag un yn gwrando."

Pwysodd hithau yn ôl yn ei sedd gan ddewis ei geiriau'n ofalus.

"Rydach chi'n ddyn galluog, Mr Andrews, ac yn deall felly, dwi'n siŵr, mai dyma ffordd eich meddwl o geisio delio gyda phroblemau. Fel arfer mae'r problemau hynny'n deillio o effaith profiadau dwfn a thywyll gafodd eu mygu ar y pryd, ond sydd nawr yn mynnu dod yn ôl i'ch poeni."

"Dydy hyn ddim yn beth newydd," meddai Stephen. "Wyddech chi fod sôn am effeithiau tebyg ar filwyr yng ngherddi Taliesin, yn y straeon cyntaf am Myrddin?" meddai.

"Na wyddwn," meddai'r seiciatrydd dan wenu. "Rydych chi'n gyfarwydd efo'r hen gerddi felly." Gwnaeth nodyn yn ei llyfr i ddarllen mwy am gefndir y milwr.

"Ychydig bach," atebodd, gan godi ei ysgwyddau. "Roedd ein hathro ysgol yn hoff o'u trafod ar y cwrs Lefel A. Ond dwi'n meddwl bod hyn i gyd yn mynd yn ôl yn gynharach na'r *Sir Galahad*, i frwydr Goose Green," meddai Stephen. "Mi ges i fedal, ond wnes i ddim byd mewn gwirionedd. Dim byd i fod yn falch ohono fo." Caeodd ei lygaid a gwelodd y caeau llwm ar yr ynys lwyd. Clywodd y gynnau, y dynion yn sgrechian ac yn griddfan. Dynion yn crio, a sawl un yn galw am eu mam.

"A beth am eich profiadau cyn hynny hyd yn oed?" holodd hithau.

Edrychodd yn ofalus arni am eiliad cyn nodio'i ben a hanner gwenu wrth droi i edrych ar y ffenest dywyll.

"Ia, dwi'n gweld be sydd ganddoch chi. Dyna pam dwi wedi cyfeirio atyn nhw fel lleisiau. Mae sawl llais. A sawl hunllef..."

Symudodd ei phapurau o'r neilltu a gosod teclyn recordio bach ar y bwrdd. Eglurodd am y broses o roi person i gysgu tra bod ei feddwl yn dal i fod yn effro. Hypnoteiddio, mewn gwirionedd.

"Na, dwi ddim eisiau gwneud hynny. Beth os na fydda i'n gallu dod yn rhydd o'r hunllef?"

"Dwi am i chi gychwyn gyda'r atgof cyntaf sydd yn dod i'ch meddwl, ond rhywbeth rydach chi'n ei gysylltu gydag anesmwythdod, neu deimlad chwithig," meddai gan agor ei llyfr nodiadau.

Anadlodd Stephen yn ddwfn a suddodd ei ysgwyddau fymryn wrth iddo geisio ymlacio. Llyncodd ac ymdrechu eto i baratoi i siarad. Roedd ei ddwylo wedi'u plethu ac yn gwasgu'n galed nes bod y bysedd yn streipiau coch a gwyn.

"Diwrnod cyntaf brwydr Goose Green oedd hi, ac roedd y mortars a'r *machine guns* wedi creu llanast, a sawl un wedi ei anafu'n ddrwg. Doedd dim gobaith cyrraedd ysbyty am oriau. Roedden nhw'n gorfod gorwedd yn y mwd tra oedd y rhai cryfach wedi eu rhowlio i mewn i un o'r ffosydd cul roedd yr Arjis wedi'u tyllu er mwyn cysgodi ynddynt. Wrth i'r niwl gau dros y caeau ac i fwg o'r gynnau ein dallu roedd hi'n amhosib gwybod ble yn union roedden ni." Roedd ei lygaid wedi cau wrth iddo gofio'r diwrnod a hanner a fu o ymladd a lladd.

"Doedd dim amser i dynnu map a chwmpawd allan chwaith. Roedd y ffosydd wedi eu tyllu fel bod tua deg llath rhwng pob un, a rhesi ar resi ohonyn nhw ym mhobman. Roedden nhw'n medru saethu atan ni o bob cyfeiriad. Doedd dim dewis ond mynd drwy'r ffosydd yn cwffio *hand to hand*. Taflu grenêd neu ddau i fewn yn gyntaf. Ond, wrth i'r diwrnod fynd yn ei flaen, roedd yr Arjis yn taflu'r rhain yn ôl cyn iddyn nhw ffrwydro, gan anafu rhai o'n hogia ni. Gwelais un milwr yn colli ei fraich. Y broblem oedd bod pedair neu bump eiliad cyn y ffrwydro ar ôl tynnu'r pìn." Yn ei feddwl roedd o rŵan yn sefyll eto mewn pwll o ddŵr ac yn clywed gynnau a saethu o bob cyfeiriad. Roedd yn anodd clywed y gorchmynion gan iddo saethu ei wn mor aml.

"Reit, hogia, ma'r Arjis yn ddewrach nag yr oeddan ni wedi ei ddisgwyl. Felly rydan ni am dynnu'r pìn a chyfri i dri cyn taflu'r grenêd," meddai'r sarjant. "Mi wnaiff hynna eu stopio nhw rhag cael gafael ynddyn nhw. Fel arall fydd dim gobaith gynnon ni o glirio rhai o'r ffosydd yma. Mae pawb yn medru cyfri, yndi?" gofynnodd dan wenu. Nid atebodd neb. Na gwenu chwaith.

A dyna wnes i. Tynnu'r pìn yn ofalus, gafael efo un llaw yn y metel oer, a chyfri i dri, "One thousand, two thousand, three...", yna disgwyl am y glec cyn rhuthro dros y top a saethu'n wyllt. Roedd bidog wedi ei gosod ar flaen pob gwn. Neidiais i'r ffos agosaf a glanio mewn pwll arall o ddŵr. Yna, cefais fy ysgwyd a'm hyrddio i'r ochr.

"Roeddwn i ar ben fy hun ar ôl i siel lanio yn fy ymyl a ffrwydro gan fy nhaflu i'r awyr. Codais ar fy mhedwar, ac agor fy llygaid. Roedd y reiffl oddi tanaf. Gafaelais ynddo'n reddfol. Roeddwn ar ddarn o dir yng nghanol cyfres o dyllau oedd wedi eu cloddio gan yr Arjis. Gorweddai *paratrooper* o 'mlaen i gyda gwaed yn llifo o'i wyneb. Chris oedd hwn, un o'r criw aeth drwy'r *basic training* efo ni. Edrychai fel petai wedi marw'n barod. Codais fy mhen dros yr ochr gan ddal y reiffl o fy mlaen.

"Y cwbwl welais i oedd dwy helmed yn codi'n araf a saethais dair neu bedair bwled. Mi fethais i'r targed, ond roedd y sŵn yn ddigon i ddychryn y ddau yn ôl i waelod y twll. Mi redais yn fy nghwrcwd i'r dde i geisio mynd i dwll arall er mwyn cael gwell cysgod i fedru saethu atynt.

"Taflais fy hun dros ochr y ffos a rowlio i lawr gan lanio mewn twll gwlyb gyda fy reiffl o fy mlaen. Roedd milwr yno. Arji ifanc. Daliai ei ddwylo uwch ei ben. Roedd ei gôt ar agor. Roedd baner wen wedi'i chlymu i ddarn o bren roedd o'n ei ddal uwch ei ben. Criai yn dawel. Disgynnodd ar ei bengliniau gan chwifio'r faner wen. Syllodd o arna i gan geisio gwenu a chwifio'r fflag yn wyllt. Gwyddai fod ei fywyd yn dibynnu ar hynny. Doedd o ddim yn fygythiad, a meddyliais y gallwn fynd â fo o'r cae. Roedd o'n edrych arna i a'i lygaid yn llawn o'r sylweddoliad ei fod ar fin cael ei ladd. Dechreuodd ysgwyd ei ben yn druenus.

"Ond yna tynnais y triger gan ei saethu hanner dwsin o weithiau o bellter o lai na phum llath. Gwelais y bwledi yn taflu mwd i'r awyr tu ôl iddo. Roedd yr hyfforddwyr ar y llong yn llygad eu lle – roedd y bwledi arferol yn mynd yn syth trwy'r dynion, ond poerodd gwaed o'i fol a chodi'n gwmwl. Roedd y dyn wedi ei ddarnio."

Yn ystafell y seiciatrydd syllodd Stephen ar Roberta ond y cwbwl a welai oedd wyneb y milwr yn ymbil arno.

"Dyna i ti fy nghyfraniad i. Saethu bachgen ifanc oedd yn trio ildio. Doedd ganddo fo ddim gwn hyd yn oed. Dyna chi arwr ydw i, ynde? Fedra i fyth anghofio ei lygaid glas. A'r llygaid glas rheiny'n cau am y tro olaf." Roedd Stephen yn crio erbyn hyn ac roedd ei ddwylo wedi'u lapio'n dynn am ei ganol.

"Gall fod eich cof yn creu darlun ffug, cofiwch, mae hynny'n digwydd yn aml mewn achosion o PTSD," cynigiodd Roberta. Torrodd ar ei thraws.

"Na, roedd yn ceisio ildio. Does dim dwywaith am hynny a mi welis i o'n gwneud, a mi wnes i ei saethu o heb feddwl ddwywaith. Y milwr perffaith, ynde? Mi wnaethon nhw joban dda arna i. Dach chi'n gwbod be? Mi wnes i farw yn y ffos y diwrnod hwnnw hefyd. A wnewch chi fyth ddyfalu beth wnes i wedyn cyn i'r milwyr eraill ddod heibio," meddai, yn sibrwd, bron. "Cofiwch fod yr un ohonon ni wedi bwyta dim byd o gwbwl ers bron i ddiwrnod, a heb fwyta'n iawn ers dyddia." Siaradai'n gyflym. Crychodd hithau fymryn ar ei thrwyn gan ysgwyd ei phen.

"Roedd ei waed o dros bob dim ond mi wnes i fynd trwy ei fag a chael hyd i dun o *corned beef*. Doedd dim label arno ond mi wnes i nabod y siâp, efo'r sgriw ar y top. Mi agorish o a'i fwyta i gyd yn syth efo fy mysedd. Dwi'n cofio'u sugno nhw wedyn er mwyn cael y tamaid olaf un. A finna'n sefyll dros ei gorff o, ac ogla gwaed a chnawd dros bob dim." Llyncodd ac anadlu'n gyflym fel petai ar fin cyfogi. "Fedra i ddim diodda gweld y tun heddiw heb sôn am flasu *corned beef*. Mi laddish i o mewn gwaed oer a bwyta'i fwyd o wedyn."

Ar ddiwedd y sesiwn gyda Roberta, gadawodd Stephen yr ysbyty a cherdded am y safle bws. Edrychodd ar ei oriawr. Roedd ugain munud ganddo cyn yr un olaf. Roedd yn poeni'n barod am y penwythnos er ei fod yn rhydd i fynd adref o'r ysbyty yn wythnosol. Mi ddylai o fod wedi dweud wrth y doctor am y teimladau hyll oedd wedi gwaethygu yn ddiweddar ac a oedd yn ei lethu bob nos, y cnoi oedd yn ei stumog o'r funud y codai tan y dychwelai i'w wely. Ond eto roedd hyn yn rhywbeth y dylai fedru ei ddatrys drwy siarad. Dyna'r cyfan roedd rhaid ei wneud, meddai pawb, siarad a rhannu baich. Biti bod ei dad wedi ei annog i fygu ei deimladau erioed. Teimlai hwnnw fod ei fab wedi gwneud hen ddigon o siarad yn ddiweddar a'i bod yn hen bryd iddo geisio'i helpu ei hun.

Roedd busnes y tabledi yn ei boeni hefyd, gan nad oedd eisiau bod yn swrth a chysglyd oherwydd meddyginiaeth. Ddeuai dim drwg o dorri'n ôl am gyfnod, meddyliodd, a phe bai'n teimlo'n waeth, gallai gymryd rhagor yn syth. Ac yntau wedi gwneud rhyw fath o benderfyniad o'r diwedd, ond heb siarad â neb amdano, aeth yn ei flaen gan gerdded yn syth i ganol y storm a oedd wedi bod yn cyniwair yn y aer ers tro. Roedd wedi dweud celwydd wrth Roberta bod ganddo gariad. Doedd ganddo'r un, nid erbyn hyn beth bynnag. Ac nid oedd am gymryd y tabledi chwaith, ddim am y tro. Dim ond siarad a rhannu profiadau oedd angen ei wneud, roedd yn sicr o hynny. Tynnodd ei waled o'i boced ac yno'n gorffwys rhwng dau bapur punt roedd y llun o'i sgwad a gafodd ei dynnu ar eu diwrnod cyntaf ar Ynysoedd y Falklands. Roedd y llun wedi goroesi popeth, rhywsut. Dyma'r tro olaf iddyn nhw i gyd fod efo'i gilydd, meddyliodd Stephen. Y tro olaf un. Bellach, roedd pob un ond dau yn farw.

Pennod 22

Arafodd y bws glas ar ochr y ffordd mewn lle na fyddai fyth yn arfer aros. Ond roedd y dyn ifanc gyda'r rycsac ar ei gefn wedi gofyn yn gwrtais, a hynny yn Gymraeg, am y ffafr hon cyn cychwyn o'r orsaf fysiau yn Llanrwst.

"Gobeithio y medrwch chi fy helpu," meddai. "Dwi ddim yn adnabod yr ardal a dwi'n chwilio am ffrind imi, Danny Jones. Mab ffarm ydy o, lle o'r enw Cefn Buarth Wen. Yn ymyl pentra Capel Garmon." Edrychodd y gyrrwr arno'n ofalus cyn gofyn,

"Pam ti'n chwilio am Danny? Nid un o ffordd hyn wyt ti, nacie," nododd y gyrrwr, gan ddatgan ffaith, nid gofyn cwestiwn. Edrychodd yn ofalus ar y gôt patrwm *camouflage* a wisgai Stephen. Roedd y gyrrwr tua hanner cant oed a'i wallt yn britho a theneuo, ac roedd maint ei fol yn golygu ei fod yn gorfod ymestyn ei freichiau'n syth wrth afael yn y llyw. Oedodd Stephen, ond sylwodd fod y gyrrwr yn eistedd yn gefnsyth a bod bathodyn bychan y British Legion ar goler ei grys.

"Roeddan ni yn yr un sgwad yn y fyddin, ac yn y Falklands hefyd drwy gyfnod yr ymladd. Dwi ddim wedi ei weld ers i ni adael yr ynysoedd. Mi fydd hi'n ddwy flynedd y gwanwyn yma."

"Dwi'n meddwl 'mod i'n gwybod pwy ti'n ei feddwl," atebodd y gyrrwr cyn ychwanegu, "Ro'n i yn y Welsh Guards am ddwy flynedd ar bymtheg. Ddangosa i iti sut i gyrraedd y fferm." Estynnodd ei law. "William Ifan, pleser cwrdd â ti. Efo'r gwallt hir yna do'n i ddim yn rhy siŵr be i feddwl, rhag ofn dy fod ti'n un o'r *hippies* 'na. Ond ar ôl bob dim fuoch chi drwyddo fo ar yr ynysoedd…"

Ni orffennodd ei frawddeg wrth i Stephen ysgwyd ei law,

gan eistedd yn y sedd y tu cefn i'r gyrrwr. Dilynodd y bws y ffordd droellog drwy ddyffryn llydan ac ar ôl tamaid sythach, edrychodd y gyrrwr yn y drych. Dim traffig. Arhosodd wrth y tro a arweiniai at bentref bychan Capel Garmon.

"Diolch yn fawr i chi," meddai Stephen gan gamu i lawr o'r bws a symud y rycsac ar ei gefn trwy rowlio ei ysgwyddau i geisio gosod y pwysau yn y canol ac mor uchel ar ei gefn â phosib. Hen dric a ddysgodd yn y fyddin oedd hwn. Cododd ei law ar y gyrrwr ac aeth y bws yn ei flaen mewn cwmwl o fwg trwchus am Fetws y Coed.

Tynnodd ddarn o bapur o'i boced gyda'r cyfeiriad arno, er ei fod yn ei gofio air am air bellach a newydd ei ddangos i yrrwr y bws. Roedd ei law chwith yn ei boced arall, lle roedd blaenau ei fysedd yn anwesu'r llun. Teimlodd y gwynt yn oeri ei wyneb wedi cynhesrwydd y bws. Gwyrodd fymryn wrth ddringo'r allt serth gan gadw ei lygaid ar yr ochr dde. Roedd yn chwilio am fferm Cefn Buarth Wen. Teimlai ryw gynnwrf yn cydio ynddo; roedd y daith yma yn rhoi gobaith iddo. Roedd ffrind yma a fyddai'n deall effaith yr hyn a welodd. Mi fyddai'n deall yr hyn a ddywedai a'r hyn a deimlai. O'r pump yn y llun, roedd dau wedi eu lladd yn y gwrthdaro, y 'conflict', fel roedd rhai yn mynnu galw'r rhyfel. Daeth o hyd i'r trydydd, Chris, mewn ysbyty yn Birmingham. Nid oedd yn medru siarad ac roedd fel petai o mewn coma, ond ei fod yn effro ac yn medru cerdded a bwyta o hyd.

"Cradur, fel hyn mae o bob dydd, 'chi, a does dim rhyfadd achos mae 'na blât metel cymaint â soser yn ei ben ers y ffrwydriad yn Goose Green," meddai'r nyrs wrth sychu'r poer oedd wedi cronni yng nghornel ceg Chris y tro hwnnw pan aeth Stephen i'w weld.

"Dio ddim yn drafferth o gwbwl dweud y gwir, yn wahanol i ambell un arall yn yr ysbyty. Ond fydd o byth yn gwella chwaith." Tyngodd Stephen na fyddai'n dychwelyd i'r ysbyty eto. Roedd yn rhy boenus gweld cragen wag corff ei ffrind.

Gostyngodd y gwynt yng nghysgod y coed. Dechreuodd chwysu dan bwysau'r rycsac wrth i'r allt godi'n serth, a bu bron iddo gerdded heibio'r arwydd gan fod hwnnw wedi hanner ei guddio gan laswellt a dail. Roedd angen côt o baent ar hwn, meddyliodd. Agorodd y giât a oedd ar draws y llwybr a'i stribed o laswellt ar hyd y canol.

Arweiniai'r llwybr drwy goed trwchus cyn i'r rheiny agor gan ddatgelu dau gae a oedd wedi eu clirio o goediach. Roedd defaid yn pori yma ac acw ar hyd y rhain. Yn y cae agosaf i'r tŷ roedd dau dractor coch. Roedd un yn rhwd a thyllau drosto a heb sedd i'r gyrrwr, tra bod y llall wedi ei barcio'n flêr ar un ochr i'r ffermdy carreg. Gwenodd Stephen gan ei fod yn edrych ymlaen at weld Danny ac at dynnu ei goes. Joskin oedd ei ffugenw yn y Paras, er ei fod yn mynnu nad oedd yn ffermwr.

"Os nad ydy hwn yn gartref i ffermwr, dwi ddim yn gwybod be sydd!" meddai wrtho'i hun gan gyflymu ei gerddediad. Gwelodd dractor bach plastig coch ar y llawr a chofiodd fod mab ganddo. Plygodd i'w godi. Tybed pa blentyn oedd hwn – roedd yn siŵr bod gwraig Danny yn disgwyl yr ail pan hwyliodd y gatrawd am y Falklands.

"Damia," meddai'n ddistaw. Roedd wedi anghofio prynu anrheg i ddod efo fo. Pa un oedd y dref agosaf, tybed, Betws neu Lanrwst? Byddai'n rhaid iddo bicio i un o'r ddau le yn y bore i nôl blodau a rhywbeth i'r plant. Cnociodd ar y drws a thynnu'r rycsac oddi ar ei gefn gyda rhyddhad, gan ei gosod ar y llawr yn pwyso ar y wal gerrig. Agorwyd y drws yn araf gan ddynes oedd yn gafael mewn babi bach. Crychodd ei thalcen – roedd hi fel petai hi'n ei adnabod, ac eto yn ansicr ohono.

"Helô, Stephen dwi, Stephen Andrews. Rown i yn y Paras efo'ch gŵr, Danny. Rown i'n pasio ac yn meddwl y byddwn i'n galw heibio." Roedd yn baglu a bwnglera wrth siarad, a gwyrodd ei ben i deimlo pocedi ei gôt. Tynnodd y llun o'i boced a'i droi i'w ddangos iddi.

"Edrychwch! Dyna fi, a dyna Dan. Mi gafodd dynnu ei goes am y mwstásh. Roeddan ni'n edrych fymryn yn wahanol bryd hynny, cyn i… cyn i… cyn i betha ddechrau newid, 'lly." Ni fedrai ddweud enw'r ynys, na dweud beth oedd natur y newid a ddigwyddodd. Yna, sylwodd fod llygaid y ferch yn gloywi gan ddagrau wrth iddi syllu ar y llun.

"Mae'n ddrwg gen i," meddai, gan godi ei llaw i sychu'r dagrau a oedd yn bygwth llifo. "Dach chi wedi ei fethu o. Bu Dan farw fis yn ôl. Cansar. Fysach chi ddim wedi ei adnabod o o gwbwl. Doedd o'n ddim ond esgyrn erbyn y diwadd." Cyffyrddodd y llun yn dyner a gofalus gyda blaenau ei bysedd, cyn tynnu ei llaw yn ôl yn gyflym fel petai wedi ei llosgi.

"Roedden nhw'n meddwl iddo fo ei gael o drwy orfod llwytho'r holl siels yna oedd yn llawn *depleted uranium*. Doedd dim gobaith ganddo fo. Mi wnaeth o fyw drwy hynna i gyd – yr holl ymladd ofnadwy yna – a wedyn marw ar ôl dod adra. Ond ddaeth o ddim adra chwaith, ddim go iawn. Ddim Dan oedd o wedyn, ddim y Dan o'n i'n 'i nabod beth bynnag. Roedd o fel dyn diarth. Fuodd o fyth yr un fath wedyn." Tynnodd ei babi ati nes bod y ddau foch yn foch â'i gilydd.

"Yr oll fyddai o'n ei wneud oedd siarad amdanach chi, ei fêts yn y Paras. Ffrindia am oes, medda fo. Roedd o ar dân isio cysylltu ond heb syniad sut i wneud hynny. A doedd dim llunia ganddo fo chwaith." Cynigiodd Stephen y llun bach iddi, ond ysgydwodd ei phen.

"Na, dim diolch. Mae'n well gen i feddwl amdano fel roedd o cyn iddo fo ymuno â'r fyddin. Syniad hurt oedd y cyfan, ond dyna oedd ei freuddwyd ers pan oedd o'n hogyn bach. Roeddan ni yn yr ysgol gynradd efo'n gilydd, dach chi'n gweld." Gwenodd drwy ei dagrau.

Teimlai Stephen yn wag. Roedd y dydd yn darfod a'r golau'n pylu, ac roedd hi'n amser iddo fynd.

"Ddowch chi i'r tŷ? Mae croeso i chi aros, neu gael swpar efo ni? Camodd Stephen yn ôl.

"Na, dim diolch, ac mae hi'n ddrwg gen i darfu fel hyn. Doedd dim syniad gen i. Roedd Dan yn ffrind da, yn ddyn arbennig. Roeddwn i'n lwcus iawn i gael ei adnabod o."

Oerodd Stephen drwyddo wrth sylweddoli nad oedd unrhywun ar ôl. Trodd ar ei sawdl gan godi'r rycsac ar un ysgwydd ac anelu i fyny'r llwybr am y coed. Wedyn, trodd i'r chwith a cherdded i lawr am y brif ffordd gan ddechrau bodio i gyfeiriad yr A55. Clywodd y dail yn ysgwyd yn y coed a theimlodd y gwynt yn anwesu ei fochau. Cododd goler ei gôt. Roedd y gwynt yn cryfhau ac yn bygwth arafu cerddediad Stephen, ond roedd ei gamau yn sicr a'i osgo yn benderfynol. Roedd un storm ar fin tawelu.

❧

Hefyd gan yr awdur: